金敏珍、第二外語發展語研中心／著

안녕하세요

1000位背包客一致讚賞！

指一指，不會韓文也能easy韓國遊

推薦序

1000位背包客與自學者體驗後的一致推薦

我超愛看韓劇，而且很愛模仿劇中演員說話的語氣，雖然我不會韓文，但是帶這本去韓國玩真是帶對了！因為只要把書打開，用手指一指就可以溝通了！

—— 林雅芬（行銷企劃，33 歲）

女兒很喜歡韓國偶像，上個月我們一起去韓國自助行，買東西的時候你就可以知道這本書裡的單字和句子都是很實用的，你只要先擔心韓幣換得夠不夠多就好了，很值得推薦哦！

—— 莊淑惠（家庭主婦，45 歲）

我第一次去韓國，這本口袋書很簡單易懂，又好找，除了可以帶著去，如果聽一聽 MP3，也能學會說一些簡單的韓文，沒有壓力又方便。

—— 徐和昌（研究生，25 歲）

有幸成為試用者非常開心，由於經營網拍韓版服飾必須常跑韓國帶貨，試用之後發現這本書很好用，不囉唆，本人在此誠摯推薦！

——Tina Lin（網拍服飾業者，32 歲）

我去韓國很多次了，因為工作忙也沒有認真學韓文，在翻了此書後，發現在當地可能會出現的狀況都已經幫你列出來了，如果你擔心無法溝通，這本書能夠幫助你！

—— 張建明（廣告業，29 歲）

本書源起

韓國一年四季都好玩，例如去雪嶽山賞楓葉、體驗製作泡菜和滑雪的樂趣……不論什麼季節，你隨時都能飛往韓國，大玩特玩、大吃特吃一番。有些時候，只學過一點點韓文的你，會想用韓文來表達：

狀況 1 ～用飛機餐的當下想和空姐再要一個餐包時
狀況 2 ～迷路了，想請路人畫張地圖時
狀況 3 ～在旅遊景點想請人幫忙拍照時
狀況 4 ～想和韓國老闆展現台灣人的殺價本色時
狀況 5 ～在餐廳想點一些韓國料理時
狀況 6 ～認識新朋友，想簡單地自我介紹時
狀況 7 ～想問問看店家有沒有打折時
狀況 8 ～遇到不明狀況想要向人求助時

而沒有韓文基礎的你，如果比手畫腳，累又花時間！說英文好像也沒那麼行，反而兩邊雞同鴨講！

旅行時你是否很需要當地的口譯人員呢？知識工場出版的「指一指，不會韓文也能 easy 韓國遊」能完全解決你旅行中的各種常見困擾，讓你不用勉強開口說韓文，就能輕鬆用手指玩翻韓國！

【韓國觀光公社】地鐵搭乘方法與下載網址

http://big5chinese.visitkorea.or.kr/cht/TR/TR_CH_5_7.jsp

本書特色

極新鮮！手指是玩韓國的秘密配備

作者擁有多年韓語教學經驗，經常在課堂上遇到各行各業的學生，例如空姐、導遊。為了解決學生在韓文學習上的疑難雜症，作者特別廣為收集了旅行時的常見用語，針對想要去韓國玩的朋友們編寫了這本旅遊專用的語言工具書。上課時大家想知道的，這本書裡統統找得到。內文搭配清晰、可愛插圖，當你想和韓國人交談時，只要用手指輕點書上的文字、圖片，就能讓你溝通無礙、暢行無阻。

極神奇！即便不會韓文發音，照樣玩遍韓國

剛開始學韓文時，背韓文的子音、母音，真是叫人一個頭兩個大。不管是用注音符號或羅馬拼音，就是希望能早日記熟那個看似鑰匙圈的發音字母。本書將會先說明韓文字母與羅馬拼音之間的對應關係，例如：韓文的「ㅔ」可以用英文的「e」來輔助發音。為了幫助讀者能突破發音上的學習障礙，本書收錄的所有單字及會話都附上了羅馬拼音。

極完美！韓文句型、單字、會話，樣樣能用

學外語，背好句型是提高學習效率的唯一方法。本書收錄旅行時使用頻率最高的 12 個基本句型，例如「～주세요」（請～）、「～좀 보여 주세요」（請讓我看看～）等等。只要將本書提供的生活單字套入句型，就能表達你

的意思。此外，依情境設計出的各種會話，也能讓你了解韓國人的談話節奏和說話方式。

極實用！人人都說太好用的必會單字

本書廣泛收錄旅遊必備單字，要你一看到東西就能用韓文說。例如「디지털카메라」（數位相機）、「노트북」（筆記型電腦），你要看得懂；「파우더」（粉餅）、「파운데이션」（粉底），你要買得到！這些實用單字背起來，就能讓你很有成就感！

極好玩！首創情境步驟式的手指溝通法

老師為你設想在韓國旅遊時可能會遇到的場景，例如購物、搭車、問路、拍照等等，再說明韓國人最典型的對話模式。當你了解對話時會出現的問題和回應，再跟著手指符號的引導，照順序使用句子，就能拋開薄薄的臉皮和韓國人暢所欲言了！

極好查！關鍵字依主題分類，好找又好用

出發前除了護照、地圖，你更少不了能和韓國人溝通的語言工具書。本書收錄四大主題：「快指基本功」（數字金錢和自我表達）、「快指趴趴走」（地理方向和環境交通）、「快指萬事通」（美食佳餚和醫院看診）及「快指購物行」（商品名稱和新鮮食材）。主題後的單元「專家指點」更介紹了韓國人和背包客常見的實用句子，你可千萬別錯過這本超強口袋書！

使用說明

快指句型

快指單字

會話情境再現

主題分類，清楚好記

快指趴趴走

2-2 環境交通

快指句型

你想去哪裡呢？
어디에 가고 싶습니까?
eo di e ga go sip seum ni kka ?

我想去＿＿＿＿＿。
＿＿＿＿＿에 가고 싶습니다.
＿＿＿＿＿ e ga go sip seum ni da.

084

快指單字

休閒景點

美術館 미술관 mi sul gwan	溫泉 온천 on cheon	
百貨公司 백화점 bae kwa jeom	商店街 상점가 sang jeom ga	博物館 박물관 bang mul gwan
居酒屋 술집 sul jip	樂園 유원지 yo won ji	遊樂場 오락실 o rak sil
韓式三溫暖 찜질방 jjim jil bang	KTV 노래방 no rae bang	網咖 PC방 PC bang
公園 공원 gong won	購物中心 쇼핑몰 syo ping mol	美容護膚 피부미용실 pi bu mi yong sil

085

左頁**句型**供右頁**單字搭配**使用

羅馬拼音，各種發音變化免擔心

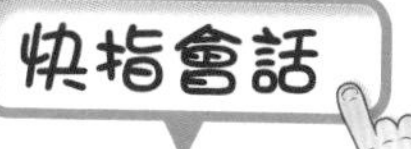

專家指點

「／」表示意思並列或者對比

照著手指順序指下去

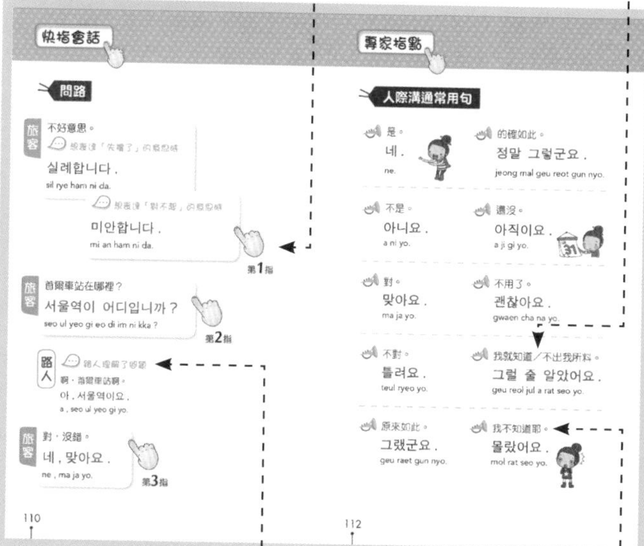

快指會話
問路
旅客
不好意思。
실례합니다.
sil rye ham ni da.
미안합니다.
mi an ham ni da.
第1指
旅客
首爾車站在哪裡？
서울역이 어디입니까?
seo ul yeo gi eo di im ni kka ?
第2指
路人
啊，首爾車站啊。
아, 서울역이요.
a , seo ul yeo gi yo.
旅客
對，沒錯。
네, 맞아요.
ne , ma ja yo.
第3指
110
專家指點
人際溝通常用句
是。
네.
ne.
的確如此。
정말 그렇군요.
jeong mal geu reot gun nyo.
不是。
아니요.
a ni yo.
還沒。
아직이요.
a ji gi yo.
對。
맞아요.
ma ja yo.
不用了。
괜찮아요.
gwaen cha na yo.
不對。
틀려요.
teul ryeo yo.
我就知道／不出我所料。
그럴 줄 알았어요.
geu reol jul a rat seo yo.
原來如此。
그랬군요.
geu raet gun nyo.
我不知道耶。
몰랐어요.
mol rat seo yo.
112

說明狀況的小叮嚀

簡單短句，現學現賣

暖身操 韓國的文字

一個完整的文字一定是「子音」＋「母音」的組合。例如，單字只有母音「ㅏ」就不是一個完整的文字。創造文字的方法有三種：

1. 把子音放在母音的左邊。

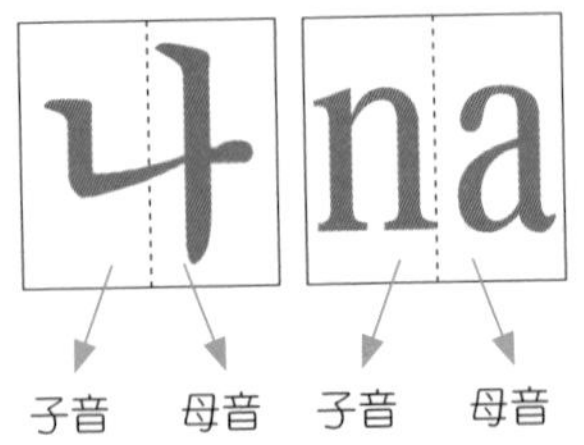

2. 把子音放在母音的上面。

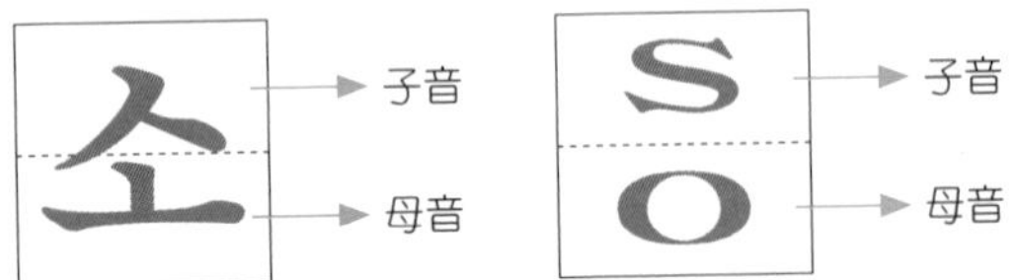

3. 在子音和母音共同創造的文字下面，再加一個子音。這個子音就叫做收尾音（最後的尾音，也稱「鐘聲」）。

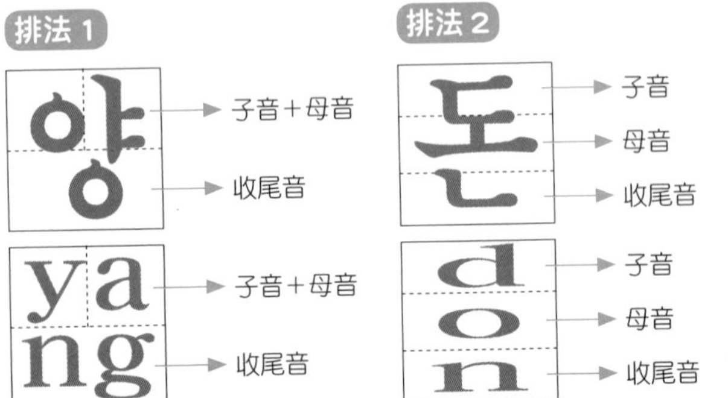

暖身操 韓國字母發音表

基本子母音發音表

子音 / 母音	ㄱ g	ㄴ n	ㄷ d	ㄹ r	ㅁ m	ㅂ b	ㅅ s
ㅏ a	가 ga	나 na	다 da	라 ra	마 ma	바 ba	사 sa
ㅑ ya	갸 gya	냐 nya	댜 dya	랴 rya	먀 mya	뱌 bya	샤 sya
ㅓ eo	거 geo	너 neo	더 deo	러 reo	머 meo	버 beo	서 seo
ㅕ yeo	겨 gyeo	녀 nyeo	뎌 dyeo	려 ryeo	며 myeo	벼 byeo	셔 syeo
ㅗ o	고 go	노 no	도 do	로 ro	모 mo	보 bo	소 so
ㅛ yo	교 gyo	뇨 nyo	됴 dyo	료 ryo	묘 myo	뵤 byo	쇼 syo
ㅜ u	구 gu	누 nu	두 du	루 ru	무 mu	부 bu	수 Su
ㅠ yu	규 gyu	뉴 nyu	듀 dyu	류 ryu	뮤 myu	뷰 byu	슈 syu
ㅡ eu	그 geu	느 neu	드 deu	르 reu	므 meu	브 beu	스 seu
ㅣ i	기 gi	니 ni	디 di	리 ri	미 mi	비 bi	시 si

基本子母音發音表

ø 不發音

子音 / 母音	ㅇ ø	ㅈ j	ㅊ ch	ㅋ k	ㅌ t	ㅍ p	ㅎ h
ㅏ a	아 a	자 ja	차 cha	카 ka	타 ta	파 pa	하 ha
ㅑ ya	야 ya	쟈 jya	챠 chya	캬 kya	탸 tya	퍄 pya	햐 hya
ㅓ eo	어 eo	저 jeo	처 cheo	커 keo	터 teo	퍼 peo	허 heo
ㅕ yeo	여 yeo	져 jyeo	쳐 chyeo	켜 kyeo	텨 tyeo	펴 pyeo	혀 hyeo
ㅗ o	오 o	조 jo	초 cho	코 ko	토 to	포 po	호 ho
ㅛ yo	요 yo	죠 jyo	쵸 chyo	쿄 kyo	툐 tyo	표 pyo	효 hyo
ㅜ u	우 u	주 ju	추 chu	쿠 ku	투 tu	푸 pu	후 hu
ㅠ yu	유 yu	쥬 jyu	츄 chyu	큐 kyu	튜 tyu	퓨 pyu	휴 hyu
ㅡ eu	으 eu	즈 jeu	츠 cheu	크 keu	트 teu	프 peu	흐 heu
ㅣ i	이 i	지 ji	치 chi	키 ki	티 ti	피 pi	히 hi

其他子母音發音表

母音	ㅐ	ㅔ	ㅒ	ㅖ	ㅘ	ㅝ	ㅙ	ㅞ	ㅚ	ㅟ	ㅢ
	ae	e	yae	ye	wa	wo	wae	we	oe	wi	ui

子音	ㄲ	ㄸ	ㅃ	ㅆ	ㅉ
	kk	tt	pp	ss	jj

收尾音發音表

在韓文中，把作為尾音的子音稱為「收尾音」。大部分的子音中都可以作為收尾音，但實際發音的卻只有以下 7 個。

代表音	收尾子音						
ㄱ [k]	ㄱ	ㅋ	ㄲ	ㄳ	ㄺ		
ㄴ [n]	ㄴ	ㄵ	ㄶ				
ㄷ [t]	ㄷ	ㅅ	ㅈ	ㅊ	ㅌ	ㅎ	ㅆ
ㄹ [l]	ㄹ	ㄼ	ㄽ	ㄾ	ㅀ		
ㅁ [m]	ㅁ	ㄻ					
ㅂ [p]	ㅂ	ㅍ	ㅄ	ㄿ			
ㅇ [ng]	ㅇ						

1-1 初次見面

1-2 表達自我

1-3 數字金錢

2-1 上下飛機

2-2 環境交通

2-3 地理方向

Chapter
3
快指
萬事通

4-1 改頭換面

4-2 瘋狂購物

4-3 新鮮食材

Chapter 1 快指基本功

1-1 初次見面

1-2 表達自我

1-3 數字金錢

韓國國民教你日常生活會話

1-1 初次見面

您貴姓大名？

성함이 무엇입니까 ?

seong ha mi mu eo sim ni kka ?

我姓＿＿＿＿。

제 성은 ＿＿＿＿ 입니다 .

je seong eun ＿＿＿＿ im ni da.

姓氏

陳 진 jin	曾 증 jeung	林 임 im	黃 황 hwang
張 장 jang	賴 뢰 roe	王 왕 wang	李 이 i
吳 오 o	朱 주 ju	劉 유 yu	蔡 채 chae
楊 양 yang	周 주 ju	許 허 heo	鄭 정 jeong
謝 사 sa	蘇 소 so	郭 곽 gwak	洪 홍 hong
金 김 gim	朴 박 bak	具 구 gu	崔 최 choe
尹 윤 yun	權 권 gwon	全 전 jeon	姜 강 gang

稱呼 人稱

你
당신
dang sin

我
저／제
jeo ／ je

他／她
그／그녀
geu ／ geu nyeo

我們
우리
u ri

你們（尊敬）／各位
여러분
yeo reo bun

他們／她們
그들
geu deul

～先生／小姐
～ 씨
～ ssi

～老師／醫生
（或其他站在指導立場的人）
～ 선생님
～ seon saeng nim

男生名字～／女生名字～
（長輩對晚輩的稱呼語）
～군／～양
～ gun ／～ yang

小＋名字
（對小朋友等表親近的稱呼語）
～아／～야
～ a ／～ ya

家人
가족
ga jok

小嬰兒
아기
a gi

男孩子
남자아이
nam ja a i

女孩子
여자아이
yeo ja a i

雙胞胎
쌍둥이
ssang dung i

獨生子（女）
외동아들（딸）
oe dong a deul (ttal)

單身
독신
dok sin

孫子
손자
son ja

小孩
아이
a i

年長
연상
yeon sang

年幼
연하
yeon ha

稱呼 家人

祖父母
조부모
jo bu mo

爺爺	奶奶	外公	外婆

祖父 조부 jo bu	祖母 조모 jo mo	外祖父 외조부 oe jo bu	外祖母 외조모 oe jo mo
爺爺 할아버지 ha ra beo ji	奶奶 할머니 hal meo ni	外公 외할아버지 oe ha ra beo ji	外婆 외할머니 oe hal meo ni

親戚 친척 chin cheok	雙親 부모 bu mo

爸爸的兄弟姊妹	媽媽的兄弟姊妹	父	母

叔叔 삼촌 sam chon	舅舅 외삼촌 oe sam chon	父親 아버지 a beo ji	母親 어머니 eo meo ni
姑姑 고모 go mo	阿姨 이모 i mo	爸爸 아빠 a bba	媽媽 엄마 eom ma

稱呼 家人

兄弟
형제
hyeong je

姊妹
자매
ja mae

弟弟

남동생
nam dong
saeng

哥哥

（男生稱呼時）
형
hyeong

（女生稱呼時）
오빠
o bba

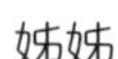

姊姊

（男生稱呼時）
누나
nu na

（女生稱呼時）
언니
eon ni

妹妹

여동생
yeo dong
saeng

教育 學制

年齡		
3～5歲	幼稚園 유치원 yu chi won	幼兒園 유아원 yu a won
6～12歲	國小 초등학교 cho deung hak gyo	
12～15歲	國中 중학교 jung hak gyo	
15～18歲	高中 고등학교 go deung hak gyo	
18歲以上	大學 대학교 dae hak gyo	專科學校 전문대학교 jeon mun dae hak gyo
18歲以上	研究所 대학원 dae ha gwon	

小學生	國中生	高中生
초등학생	중학생	고등학생
cho deung hak saeng	jung hak saeng	go deung hak saeng
大學生	研究生	同學
대학생	대학원생	학우
dae hak saeng	dae ha gwon saeng	ha gu
期中考		期末考
중간고사		기말고사
jung gan go sa		gi mal go sa
報告	園遊會	學分
레포트	축제	학점
re po teu	chuk je	hak jeom
春假	暑假	寒假
봄 방학	여름 방학	겨울 방학
bom bang hak	yeo reum bang hak	gyeo ul bang hak

工作

教師／（稱呼時）老師
교사／선생님
gyo sa ／ seon saeng nim

學生
학생
hak saeng

公司職員
회사
hoe sa

公務員
공무원
gong mu won

主婦
주부
ju bu

上班族
회사원
hoe sa won

藝人
연예인
yeo nye in

自己創業
자영업
ja yeong eop

運動選手
운동선수
un dong seon su

美容美髮師
미용사
mi yong sa

空服員
스튜어디스
seu tyu eo di seu

警察
경찰
gyeong chal

廚師
요리사
yo ri sa

機師
비행기조종사
bi haeng gi jo jong sa

牛郎／酒店小姐
호스티스
ho seu ti seu

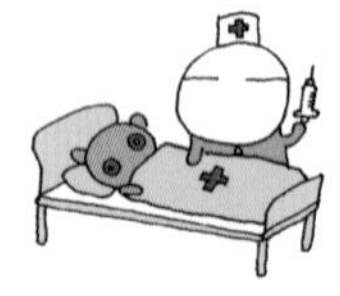

護士
간호사
gan ho sa

司機
기사
gi sa

指甲彩繪師
네일아티스트
ne il a ti seu teu

律師
변호사
byeon ho sa

店員
점원
jeo mwon

工程師
엔지니어
en ji ni eo

導遊
가이드
ga i deu

（服裝）設計師
디자이너
di ja i neo

教練／導演
감독
gam dok

主持人
사회자
sa hoe ja

播報員／主播
아나운서
a na un seo

醫生
의사
ui sa

家庭主婦
가정주부
ga jeong ju bu

編輯
편집자
pyeon jip ja

（電視）製作人
프로듀서
peu ro dyu seo

記者
기자
gi ja

自我介紹

初次見面。

처음 뵙겠습니다.

cheo eum boep get seum ni da.

第1指

我的名字叫○○○。

제 이름은○○○입니다.

je i reu men ○○○ im ni da.

第2指

我是台灣人。

저는 대만 사람입니다.

jeo neun dae man sa ra mim ni da.

第3指

我現在正在學韓文。

저는 지금 한국어를 배우고 있습니다.

jeo neun ji geum han gu geo reul bae u go it seum ni da.

第4指

請多多指教。

잘 부탁드립니다.

jal bu tak deu rim ni da.

第5指

我是第一次來韓國。

한국에 처음 왔습니다.

han gu ge cheo eum wat seum ni da.

我的韓文還不太好。

한국어를 잘 못합니다.

han gu geo reul jal mot ham ni da.

我很喜歡韓國的文化。

한국의 문화를 좋아합니다.

han gu gui mun hwa reul jo a ham ni da.

我打算在韓國旅行一個禮拜左右。

한국에서 일주일 정도 여행하려고 합니다.

han gu ge seo il ju il jeong do yeo haeng ha rye go ham ni da.

我想多交幾個韓國朋友。

한국 친구를 많이 사귀고 싶습니다.

han guk chin gu reul ma ni sa gwi go sip seum ni da.

1-2 表達自我

請 ________ 。

（原形動詞）變形後 **세요** .

________seyo.

好。

네 .

ne.

動詞

說
(말하다)
말하
mal ha

買
(사다)
사
sa

等候
(기다리다)
기다리
gi da ri

給 (我)
(주다)
주
Ju

搭乘
(타다)
타
ta

坐下
(앉다)
앉으
an jeu

洗
(씻다)
씻으
ssi seu

動詞

進來
(들어오다)
들어오
deu reo o

出去
(나가다)
나가
na ga

站起來
(일어나다)
일어나
i reo na

寫
(쓰다)
쓰
sseu

選
(선택하다)
선택하
seon tae ka

聽
(듣다)
들으
deu reu

穿(衣服)
(입다)
입으
i beu

穿(鞋子)
(신다)
신으
si neu

脫(衣服/鞋子)
(벗다)
벗으
beo seu

休息
（쉬다）
쉬
swi

喝
（마시다）
마시
ma si

使用
（사용하다）
사용하
sa yong ha

原諒（我）
（용서해 주다）
용서해 주
yong seo hae ju

讀
（읽다）
읽으
il geu

按
（누르다）
누르
nu reu

借（給我）
（빌려주다）
빌려주
bil lyeo ju

還（給我）
（돌려주다）
돌려주
dol ryeo ju

動詞

拿出來
(꺼내다)
꺼내
kkeo nae

放進去
(넣다)
넣으
neo eu

打開（門、窗）
(열다)
여
yeo

關（門、窗）
(닫다)
닫으
da deu

住手
(멈추다)
멈추
meom chu

繼續
(계속하다)
계속하
gyeo so ka

回答
(대답하다)
대답하
dae da pa

看
（보다）
보
bo

告訴（我）
（알려주다）
알려주
al ryeo ju

擦
（닦다）
닦으
da geu

吃
（敬語드시다）
드
deu

來
（오다）
오
o

離開
（가다）
가
ga

帶路／介紹（給我）
（안내해 주다）
안내해 주
an nae hae ju

形容詞 人事物

中文	韓文	拼音
遠	멀어요	meo reo yo
近	가까워요	ga kka wo yo
長	길어요	gi reo yo
短	짧아요	jjal ba yo
大	커요	keo yo
小	작아요	ja ga yo
重	무거워요	mu geo wo yo
輕	가벼워요	ga byeo wo yo
帥氣	멋있어요	meo si seo yo
老土	촌스러워요	chon seu reo wo yo
貴	비싸요	bi ssa yo
便宜	싸요	ssa yo
高	높아요	no pa yo
低	낮아요	na ja yo
寬	넓어요	neol beo yo
窄	좁아요	jo ba yo
粗	굵어요	gul geo yo
細	가늘어요	ga neu reo yo

早／快	慢	明亮	黑暗
빨라요	느려요	밝아요	어두워요
ppal la yo	neu ryeo yo	bal ga yo	eo du wo yo

吵鬧	安靜	好吃	難吃
시끄러워요	조용해요	맛있어요	맛없어요
si kkeu reo wo yo	jo yong hae yo	ma si seo yo	ma deop seo yo

美	醜
아름다워요	못생겼어요
a reum da wo yo	mot saeng gyeo seo yo

新	乾淨	溫柔體貼
새로워요	깨끗해요	자상해요
sae ro wo yo	kkae kkeu tae yo	ja sang hae yo

舊	骯髒	冷淡無情
오래됐어요	더러워요	냉담해요
o rae dwae seo yo	deo reo wo yo	naeng da mae yo

形容詞 感覺

中文	韓文	拼音
燙	뜨거워요	tteu geo wo yo
冷／冰涼	차가워요	cha ga wo yo
快樂	즐거워요	jeul geo wo yo
無聊	지루해요	ji ru hae yo
熱	더워요	deo wo yo
冷	추워요	chu wo yo
忙碌	바빠요	ba ppa yo
空閒	한가해요	han ga hae yo
悲傷	슬퍼요	seul peo yo
高興	기뻐요	gi ppeo yo
輕鬆	수월해요	su wol hae yo
難受	괴로워요	goe ro wo yo
喜歡	좋아해요	jo a hae yo
討厭	싫어해요	si reo hae yo
暖和	따뜻해요	tta tteu tae yo
涼爽	시원해요	si won hae yo

寂寞	想要某樣東西	親近
외로워요	갖고 싶어요	친근해요
oe ro wo yo	gat go si peo yo	chin geun hae yo

害怕		羨慕
무서워요		부러워요
mu seo wo yo		bu reo wo yo

奇怪	令人懷疑	害羞
이상해요	의심스러워요	부끄러워요
i sang hae yo	ui sim seu reo wo yo	bu kkeu reo wo yo

形容詞 味道

酸	甜	苦	辣
셔요	달아요	써요	매워요
syeo yo	da ra yo	sseo yo	mae wo yo

鹹	腥／騷味	淡	濃
짜요	비려요	싱거워요	진해요
jja yo	bi ryeo yo	sing geo wo yo	jin hae yo

運動 球類運動

乒乓球／桌球	棒球	羽毛球
탁구	야구	배드민턴
tak gu	ya gu	bae deu min teon

足球
축구
chuk gu

撞球
당구
dang gu

排球	壘球	橄欖球
배구	소프트볼	럭비
bae gu	so peu teu bol	reok bi

籃球
농구
nong gu

保齡球
볼링
bol ling

高爾夫
골프
gol peu

網球
테니스
te ni seu

運動 其它

有氧運動
유산소운동
yu san so un dong

馬拉松
마라톤
ma ra ton

衝浪
서핑
seo ping

慢跑
조깅
jo ging

跳繩
줄넘기
jul reom gi

瑜伽
요가
yo ga

仰臥起坐
윗몸일으키기
wit mom i reu ki gi

伏地挺身
팔굽혀펴기
pal gu pyeo pyeo gi

滑雪
스키
seu ki

溜冰
스케이트
seu ke i teu

拳擊
권투
gwon tu

游泳
수영
su yeong

興趣

爬山
등산
deung san

兜風
드라이브
deu ra i beu

看漫畫
만화보기
man hwa bo gi

做菜
요리하기
yo ri ha gi

看電影
영화감상
yeong hwa gam sang

上網
인터넷서핑
in teo net seo ping

收集郵票／錢幣
우표／화폐수집
u pyo ／ hwa pye su jip

旅遊
여행
yeo haeng

釣魚
낚시
nak si

畫畫

그림그리기
geu rim geu ri gi

看書
독서
dok seo

聽音樂
음악감상
eu mak gam sang

攝影
촬영
chwa ryeong

購物
쇼핑
syo ping

星座

摩羯座
（12.22 – 1.19）
염소자리
yeom so ja ri

水瓶座
（1.20 – 2.18）
물병자리
mul byeong ja ri

雙魚座
（2.19 – 3.20）
물고기자리
mul go gi ja ri

牡羊座
（3.21 – 4.19）
양자리
yang ja ri

金牛座
（4.20 – 5.20）
황소자리
hwang so ja ri

雙子座
（5.21 – 6.21）
쌍둥이자리
ssang dung i ja ri

巨蟹座
（6.22 – 7.22）
게자리
ge ja ri

獅子座
（7.23 – 8.22）
사자자리
sa ja ja ri

處女座
（8.23 – 9.22）
처녀자리
cheo nyeo ja ri

天秤座
（9.23 – 10.23）
천칭자리
cheon ching ja ri

天蠍座
（10.24 – 11.22）
전갈자리
jeon gal ja ri

射手座
（11.23 – 12.21）
사수자리
sa su ja ri

拍照

旅客

突然詢問走過身旁的路人

不好意思，可以幫我們拍一下嗎？

미안하지만 사진 좀 찍어 주시겠습니까？

mi an ha ji man sa jin iom jji geo ju si get seum ni kka ?

第1指

路人

好，要按哪裡呢？

네 , 어디를 누릅니까？

ne , eo di reul nu reum ni kka ?

旅客

這裡。

여기요 .

yeo gi yo.

第2指

旅客

請對方把身後的山當做背景，一起拍進去時

希望那座山可以拍進去。

저 산도 같이 찍어 주세요 .

jeo san do ga chi jji geo ju se yo.

第3指

路人

好，我要拍了喔！笑一個，好，說「泡～菜」。

네 , 찍겠습니다 . 웃으세요 , 네 ,「김 ~ 치」하세요 .

ne , jjik get seum ni da. u seu se yo , ne , gim ~ chi ha se yo.

路人 拍完後對方會拿著相機這樣詢問

照片還可以嗎？

사진 괜찮아요？

sa jin gwaen cha na yo ?

旅客 拍得不好時

請再拍一次。

다시 한 번 찍어 주세요 .

da si han beon jji geo ju seyo.

第4指

路人 好。

네 .

ne .

旅客 謝謝你。

감사합니다 .

gam sa ham ni da.

第5指

1-3 數字金錢

這個多少錢？

이거 얼마예요 ?

i geo eol ma ye yo ?

____________韓元。

____________원입니다 .

____________wo nim ni da.

數字 個位數／十位數

0	1	2	3	4
영／공	일	이	삼	사
yeong／gong	il	i	sam	sa

5	6	7	8	9
오	육	칠	팔	구
o	yuk	chil	pal	gu

10	20	30
십	이십	삼십
sip	i sip	sam sip

40	50	60
사십	오십	육십
sa sip	o sip	yuk sip

70	80	90
칠십	팔십	구십
chil sip	pal sip	gu sip

數字 百位數／千位數

100	200	300	400	500
백	이백	삼백	사백	오백
baek	i baek	sam baek	sa baek	o baek

600	700	800	900
육백	칠백	팔백	구백
yuk baek	chil baek	pal baek	gu baek

1000	2000	3000	4000
천	이천	삼천	사천
cheon	i cheon	sam cheon	sa cheon

5000	6000	7000	8000
오천	육천	칠천	팔천
o cheon	yuk cheon	chil cheon	pal cheon

9000	10000
구천	만
gu cheon	man

數字 其他

10萬 십만 sip man	100萬 백만 baek man	1000萬 천만 cheon man	1 億 일억 il eok
0.5 영점오 yeong jeom o	½ 이분의 일 i bu nui il	～% 퍼센트 peo sen teu	～倍 배 bae
加 더하기 deo ha gi	減 빼기 ppae gi	等於 은／는 eun ／ neun	
乘 곱하기 go pa gi	除 나누기 na nu gi		

時間 幾點

1 點 한 시 han si	2 點 두 시 du si	3 點 세 시 se si
4 點 네 시 ne si	5 點 다섯 시 da seot si	6 點 여섯 시 yeo seot si
7 點 일곱 시 il gop si	8 點 여덟 시 yeo deol si	9 點 아홉 시 a hop si
10 點 열 시 yeol si	11 點 열한 시 yeol han si	12 點 열두 시 yeol du si
幾點 몇 시 myeot si	～點半 ～ 시반 ～ si ban	～小時 ～ 시간 ～ si gan

時間 幾分

00:01 1 分 일 분 il bun	00:02 2 分 이 분 i bun	00:03 3 分 삼 분 sam bun
00:04 4 分 사 분 sa bun	00:05 5 分 오 분 o bun	00:06 6 分 육 분 yuk bun
00:07 7 分 칠 분 chil bun	00:08 8 分 팔 분 pal bun	00:09 9 分 구 분 gu bun
00:10 10 分 십 분 sip bun	00:20 20 分 이십 분 i sip bun	00:30 30 分 삼십 분 sam sip bun

幾分
몇 분
myeot bun

～分鐘
～ 분간
～ bun gan

時間 日期

1	2	3
1 號 일 일 il il	2 號 이 일 i il	3 號 삼 일 sam il
4 號 사 일 sa il	5 號 오 일 o il	6 號 육 일 yuk il
7 號 칠 일 chil il	8 號 팔 일 pal il	9 號 구 일 gu il
10 號 십 일 sip il	20 號 이십 일 i sip il	30 號 삼십 일 sam sip il

過去	～天前 ～일 전 ～ il jeon	前天 그저께 geu jeo kke	昨天 어제 eo je

現在	今天 오늘 o neul	早上 아침 a chim	上午 오전 o jeon	中午 낮 nat	下午 오후 o hu
		傍晚 저녁 jeo nyeok	晚上 밤 bam	半夜 한밤중 han bam jung	

未來	明天 내일 nae il	後天 모레 mo re	～天後 ～일 후 ～ il hu

時間 星期

星期一	星期二	星期三	星期四
월요일	화요일	수요일	목요일
wo ryo il	hwa yo il	su yo il	mo gyo il

星期五	星期六	星期日	星期幾
금요일	토요일	일요일	무슨 요일
geum nyo il	to yo il	i ryo il	mu seun yo il

平日	週末	假日
평일	주말	휴일
pyeong il	ju mal	hyu il

過 去	現 在	未 來
上星期 저번 주 jeo beon ju	這星期 이번 주 i beon ju	下星期 다음 주 da eum ju
～個星期前 ～주 전 ～ju jeon		～個星期後 ～주 후 ～ju hu

1 一月 일 월 il wol	2 二月 이 월 i wol	3 三月 삼 월 sam wol
4 四月 사 월 sa wol	5 五月 오 월 o wol	6 六月 유 월 yu wol
7 七月 칠 월 chil wol	8 八月 팔 월 pal wol	9 九月 구 월 gu wol
10 十月 시 월 si wol	11 十一月 십일 월 si bil wol	12 十二月 십이 월 si bi wol
哪個月 어느 달 eo neu dal	月初 월초 wol cho	月底 월말 wol mal

時間 月份／年份

過 去	現 在	未 來
上個月 저번 달 jeo beon dal	這個月 이번 달 i beon dal	下個月 다음 달 dae um dal
～個月前 ～개월 전 ～ gae wol jeon		～個月後 ～개월 후 ～ gae wol hu
去年 작년 jang nyeon	今年 금년 geum nyeon	明年 내년 nae nyeon
前年 재작년 jae jang nyeon		後年 내후년 nae hu nyeon
～年前 ～년 전 ～ nyeon jeon	哪一年 어느 해 eo neu hae	～年後 ～년 후 ～ nyeon hu

時間 其他用法

半 ～	每 ～	期 間
半天 한나절 han na jeol	每天 매일 mae il	～天 ～ 일 ～ il
	每週 매주 mae ju	～個星期 ～ 주일 ～ ju il
半個月 반달 ban dal	每個月 매달 mae dal	～個月 ～ 개월 ～ gae wol
半年 반년 ban nyeon	每年 매년 mae nyeon	～年 ～ 년 ～ nyeon

時間 季節

春	夏	秋	冬
봄	여름	가을	겨울
bom	yeo reum	ga eul	gyeo ul

時代

舊石器時代	구석기 시대 gu seok gi si dae
新石器時代	신석기 시대 sin seok gi si dae
古朝鮮時代	고조선 시대 go jo seon si dae
四國時代 （新羅、伽椰、高句麗、百濟）	사국 시대 sa guk si dae
統一新羅時代	통일신라 시대 tong il sil ra si dae
高麗時代	고려 시대 go ryeo si dae
朝鮮時代	조선 시대 jo seon si dae
日軍時代	일제 시대 il je si dae
大韓民國	대한민국 dae han min guk

節日

國慶日 （公休日） 국경일 guk gyeong il	元旦 （1月1日） 신정 sin jeong	春節 (農曆12月31日～1月2日) 구정（설날） gu jeong (seol ral)
三一節 （3月1日） 삼일절 sa mil jeol		植樹節 （4月5日） 식목일 sing mo gil
釋迦牟尼誕生日 （農曆4月8日） 석가탄신일 seok ga tan si nil	兒童節 （5月5日） 어린이날 eo ri ni nal	父母節 （5月8日） 어버이날 eo beo i nal
顯忠節 （6月6日） 현충일 hyeon chung il	制憲節 （7月17日） 제헌절 je heon jeol	光復節 （8月1日） 광복절 gwang bok jeol
中秋節 （農曆8月15日） 추석 chu seok	開天節 （10月3日） 개천절 gae cheon jeol	聖誕節 （12月25日） 크리스마스 keu ri seu ma seu

快指會話

換錢

櫃員主動親切問候

您要辦什麼嗎？

무엇을 도와 드릴까요？

mu eo seul do wa deu ril kka yo ?

旅客

我想要換外幣。

환전을 하고 싶어요.

hwan jeo neul ha go si peo yo.

第1指

對方指著另一個方向

請到那邊的櫃台。

저쪽 카운터로 가세요.

jeo jjok ka un teo ro ga se yo.

旅客

把填好的表格準備交給櫃台，同時再口頭確認一次

我要 5 張萬元大鈔。

만원짜리 5 장 주세요.

ma nwon jja ri da seot jang ju se yo.

第2指

櫃員 這是您的現金。
여기 현금 있습니다 .
yeo gi hyeon geum it seum ni da.

旅客 嗯，謝謝你。
네 , 감사합니다 .
ne , gam sa ham ni da.

第3指

★韓幣表

硬幣	10 元	십 원	sip won
	50 元	오십 원	o sip won
	100 元	백 원	baek won
	500 元	오백 원	o baek won
紙幣	1000 元	천 원	cheon won
	5000 元	오천 원	o chen won
	10000 元	만 원	man won

專家指點

問候語

 早上好。

안녕히 주무셨어요？ 睡得好嗎

an nyeong hi ju mu syeo seo yo？

좋은 아침입니다． 早安

jo eun a chi mim ni da.

 午安。

안녕하세요．

an nyeong ha se yo.

晚上好。

안녕하세요．

an nyeong ha se yo.

 晚安。

正式 안녕히 주무세요．

an nyeong hi ju mu se yo.

잘 자요．

jal ja yo.

 你好嗎？

 正式 안녕하십니까？

an nyeong ha sim ni kka？

 普通 안녕하세요？

an nyeong ha se yo？

 託您的福，我很好。

덕분에 아주 좋습니다.

deok bu ne a ju jo seum ni da.

 好久不見。

 正式 오랜만입니다.

o raen ma nim ni da.

 普通 오랜만이에요.

o raen ma ni e yo.

 歡迎光臨。

어서 오세요.

eo seo o se yo.

專家指點

禮貌語

 謝謝你。

 正式

감사합니다 .

gam sa ham ni da.

普通

고마워요 .

go ma wo yo.

不客氣。

천만에요 .

cheon ma ne yo.

 對不起。

 正式

죄송합니다 .

joe song ham ni da.

 普通

미안해요 .

mi an hae yo.

 沒關係。

괜찮아요 .

gwaen cha na yo.

 打擾您了（進入別人家之前）。

실례합니다 .

sil lye ham ni da.

請別放在心上。

마음에 두지 마세요.

ma eu me du ji ma se yo.

你辛苦了。

수고했어요. 上對下或對同輩的關係

su go hae seo yo.

수고하셨습니다. 下對上的關係

su go ha syeot seum ni da.

感謝您的幫忙。

도와 주셔서 감사합니다.

do wa ju syeo seo gam sa ham ni da.

很高興見到你。

만나서 반가워요.

man na seo ban ga wo yo.

道別語

再見。

안녕히 가세요. 兩人道別或對離開的人說

an nyeong hi ga se yo.

안녕히 계세요. 離開的人要說

an nyeong hi gye se yo.

明天見。

내일 만나요.

nae il man na yo.

待會見。

이따가 봐요.

i tta ga bwa yo.

我先走了。

먼저 갈게요.

meon jeo gal ge yo.

慢走。

천천히 가세요.

cheon cheon hi ga se yo.

我要出門了。

다녀오겠습니다.

da nyeo o get seum ni da.

路上小心。

조심하세요.

jo sim ha se yo.

 我回來了。

다녀왔습니다.

da nyeo wat seum ni da.

 你回來了啊？

왔어요？

wa seo yo ?

用餐語

 我要開動了。

잘 먹겠습니다.

jal meok get seum ni da.

 我吃飽了。

배가 불러요.

bae ga bul reo yo.

 謝謝你的招待。

초대해 주셔서 감사합니다.

cho dae hae ju syeo seo gam sa ham ni da.

Chapter 2 快指趴趴走

2-1 上下飛機

2-2 環境交通

2-3 地理方向

資深導遊教你高超說話技巧

2-1 上下飛機

航空公司代碼

__________的櫃台在哪裡？

__________의 카운터는 어느 방향입니까？

__________ui ka un teo neun eo neu bang hyang im ni kka？

一直走，往右轉就會看到了。

똑바로 가서 왼쪽으로 돌면 보입니다.

ttok ba ro ga seo oen jjo geu ro dol myeon bo im ni da.

航空公司

CI

中華航空
China Airlines
차이나에어라인
cha i na e eo ra in

BR

長榮航空
Eva Airways
에바 항공
e ba hang gong

CX

國泰航空
Cathay Pacific Airways
케세이 퍼시픽
ke se i peo si pik

TG

泰國航空
Thai Airways
타이 항공
ta i hang gong

KE

大韓航空
Korean Airways
대한 항공
dae han hang gong

OZ

韓亞航空
Asiana Airlines
아시아나 항공
a si a na hang gong

韓國機場

特別市 특별시 teuk byeol si

首爾 서울 seo ul	金浦國際機場 김포국제공항 gim po guk je gong hang

廣域市 광역시 gwang yeok si

仁川 인천 in cheon	仁川國際機場 인천국제공항 in cheon guk je gong hang
光州 광주 gwang ju	光州國際機場 광주국제공항 gwang ju guk je gong hang
釜山 부산 bu san	釜山國際機場 부산국제공항 bu san guk je gong hang
大邱 대구 dae gu	大邱國際機場 대구국제공항 dae gu guk je gong hang
蔚山 울산 ul san	蔚山機場 울산공항 ul san gong hang

濟州道 제주도 je ju do	濟州市 제주시 je ju si	濟州國際機場 제주국제공항 je ju guk je gong hang
慶尚北道 경상북도 gyeong sang buk do	浦項市 포항시 po hang si	浦項機場 포항공항 po hang gong hang
全羅北道 전라북도 jeol ra buk do	群山市 군산시 gun san si	群山機場 군산공항 gun san gong hang
全羅南道 전라남도 jeol ra nam do	麗水市 여수시 yeo su si	麗水機場 여수공항 yeo su gong hang
江原道 강원도 gang won do	原州市 원주시 won ju si	原州機場 원주공항 won ju gong hang

國內航線
국내선
guk nae seon

國際航線
국제선
guk je seon

登機證	登機門	轉機
탑승권	탑승게이트	갈아타다
tap seung gwon	tap seung ge i teu	ga ra ta da

頭等艙	商務艙	經濟艙
퍼스트 클래스	비지니스 클래스	이코노미 클래스
peo seu teu keul rae seu	bi ji ni seu keul rae seu	i ko no mi keul rae seu

超重	行李託運牌	手提行李
중량초과	수화물 태그	휴대용가방
jung nyang cho gwa	su hwa mul tae geu	hyu dae yong ga bang

靠窗座位
창가좌석
chang ga jwa seok

走道座位
복도좌석
bok do jwa seok

嘔吐袋
구토봉지
gu to bong ji

枕頭
베개
be gae

毛毯
담요
dam nyo

入境表格
입국카드
ip guk ka deu

中文雜誌
중국어잡지
jung gu geo jap ji

中文報紙
중국어신문
jung gu geo sin mun

時差
시차
si cha

紙杯
종이컵
jong i keop

耳機
이어폰
i eo pon

座位號碼
좌석번호
jwa seok beon ho

免稅商品
면세품
myeon se pum

座椅安全帶
안전밸트
an jeon bael teu

亂流
난류
nal ryu

救生衣
구명조끼
gu myeong jo kki

快指會話

入境審查

審查官 請給我你的護照。
여권 좀 주세요 .
yeo gwon jom ju se yo.

旅客 將護照拿給對方
好，在這裡。
네 , 여기요 .
ne , yeo gi yo.

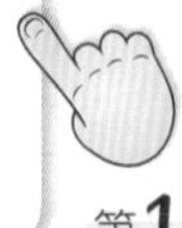
第1指

審查官 來韓國的目的是什麼？
한국에 온 목적이 무엇입니까 ?
han gu ge on mok jeo gi mu eo sim ni kka ?

旅客 觀光。
관광입니다 .
gwan gwang im ni da.

第2指

審查官 打算停留幾天呢？
며칠 동안 머물 예정입니까 ?
mye chil dong an meo mul ye jeong im ni kka ?

旅客 五天。
5 일이요 .
o i ri yo.

第3指

審查官
你是做什麼的？
직업이 무엇입니까？
ji geo bi mu eo sim ni kka？

公司職員。
회사 직원입니다 .
hoe sa ji gwo nim ni da.

學生。
학생입니다 .
hak saeng im ni da.

我退休了。
퇴직했습니다 .
toe jik haet seum ni da.

第4指

審查官
你要住在哪裡？
어디에 머물 예정입니까？
eo di e meo mul ye jeong im ni kka？

旅客
首爾飯店。
서울 호텔입니다 .
seo ul ho te rim ni da.

第5指

海關

海關

有要申報的東西嗎？

신고할 물건이 있습니까？

sin go hal mul geo ni it seum ni kka ?

旅客

老實招出自己要申報的東西

有，我有帶三瓶威士忌。

네 , 위스키 3 병이 있습니다 .

ne , wi seu ki se byeong i it seum ni da.

沒有東西要申報時

沒有。

아니요 .

a ni yo.

第1指

海關

行李箱裡裝些什麼呢？

가방 안에 무엇이 있습니까？

ga bang a ne mu eo si it seum ni kka ?

旅客

隨身物品。

소지품입니다 .

so ji pu mim ni da.

第2指

海關

海關神情嚴肅，但很客氣地說

可以打開行李箱讓我看看嗎？

가방을 열어 주시겠습니까？

ga bang eul yeo reo ju si get seum ni kka ?

這是什麼？

이것은 무엇입니까？

i geo seun mu eo sim ni kka ?

旅客

泡麵。

라면입니다 .

ra myeo nim ni da.

感冒藥。

감기약입니다 .

gam gi ya gim ni da.

紀念品。

기념품입니다 .

gi nyeom pu mim ni da.

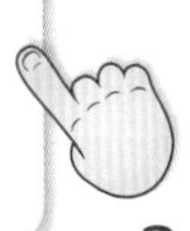

第3指

海關

好，我知道了。

네 , 알겠습니다 .

ne , al get seum ni da.

這樣就可以了。

됐습니다 .

dwaet seum ni da.

機上服務

想偷偷告訴空姐有人太吵時

不好意思，妳能幫我跟他說，請他安靜一點好嗎？

미안하지만 저분에게 조용히 해 달라고 말해 주시겠습니까？

mi an ha ji man jeo bu ne ge jo yong hi hae dal la go mal hae ju si get seum ni kka ?

口渴想喝點東西時

不好意思，請給我茶。

미안하지만 차 좀 주세요 .

mi an ha ji man cha jom ju se yo.

想請空姐把餐具收走時

不好意思，請幫我收掉這些餐具。

미안하지만 그릇을 좀 정리해 주세요 .

mi an ha ji man geu reu seul jom jeong ni hae ju se yo.

發現鄰座的人身體不舒服時

他身體好像不太舒服。

이 분 몸이 안 좋은 것 같습니다 .

i bun mo mi an jo eun geot gat seum ni da.

走進機艙要置放行李時

不好意思，這邊可以放行李嗎？

미안하지만 여기에 가방을 놔도 됩니까 ?

mi an ha ji man yeo gi e ga bang eul nwa do doem ni kka ?

座位的設備出問題時

不好意思，這個壞掉了，不能聽音樂。

미안하지만 이것이 고장 났습니다 . 음악을 들을 수 없습니다 .

mi an ha ji man i geo si go jang nat seum ni da. eu ma geul deu reul su eop seum ni da.

2-2 環境交通

你想去哪裡呢？

어디에 가고 싶습니까 ?

eo di e ga go sip seum ni kka ?

我想去 ______________ 。

______________ 에 가고 싶습니다 .

______________ e ga go sip seum ni da.

休閒景點

美術館
미술관
mi sul gwan

溫泉
온천
on cheon

博物館
박물관
bang mul gwan

百貨公司
백화점
bae kwa jeom

商店街
상점가
sang jeom ga

居酒屋
술집
sul jip

樂園
유원지
yo won ji

遊樂場
오락실
o rak sil

韓式三溫暖
찜질방
jjim jil bang

KTV
노래방
no rae bang

網咖
PC방
PC bang

公園
공원
gong won

購物中心
쇼핑몰
syo ping mol

美容護膚
피부미용실
pi bu mi yong sil

生活場所

郵局
우체국
u che guk

車站
기차역
gi cha yeok

銀行
은행
eun haeng

警察局
경찰서
gyeong chal seo

派出所
파출소
pa chul so

POLICE

醫院
병원
byeong won

機場
공항
gong hang

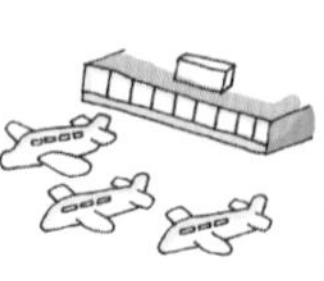

地鐵站
지하철역
ji ha cheol yeok

港口
항구
hang gu

學校
학교
hak gyo

便利商店
편의점
pyeo nui jeom

公司
회사
hoe sa

超市
슈퍼
syu peo

市（區）公所
동사무소
dong sa mu so

餐廳
식당
sik dang

麵包店
빵가게
ppang ga ge

花店
꽃가게
kkot ga ge

照相館
사진관
sa jin gwan

咖啡店
커피숍
keo pi syop

髮廊
미용실
mi yong sil

水果店
과일가게
gwa il ga ge

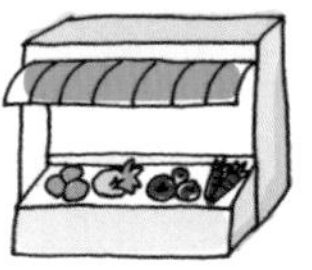

書店
서점
seo jeom

藥房
약국
yak guk

大使館
대사관
dae sa gwan

交通工具

車 자동차 ja dong cha	計程車 택시 taek si	卡車 트럭 teu reok
 重型機車 중형오토바이 jung hyeong o to ba i	 摩托車 스쿠터 seu ku teo	 自行車 자전거 ja jeon geo
 地鐵 지하철 ji ha cheol	 火車 기차 gi cha	 高速火車 고속철도 (KTX) go sok cheol do

公車
버스
beo seu

機場巴士
공항리무진
gong hang ri mu jin

遊覽車／觀光巴士
관광버스
gwan gwang beo seu

垃圾車
쓰레기차
sseu re gi cha

警車
경찰차
gyeong chal cha

救護車
구급차
gu geup cha

消防車
소방차
so bang cha

船
배
bae

遊輪
페리
pe ri

帆船
요트
yo teu

飛機
비행기
bi haeng gi

直升機
헬리콥터
hel ri kop teo

火車

中文	韓文	發音
自由座位（無劃位座）	자유석	ja yu seok
指定座位（對號入座）	지정석	ji jeong seok
普通火車	무궁화호	mu gung hwa ho
快速火車	새마을호	sae ma eul ho
特快速火車	KTX	KTX
單程票	편도표	pyeon do pyo
來回票	왕복표	wang bok pyo
上行車	상행	sang haeng
下行車	하행	ha haeng
吸煙座位	흡연석	heu byeon seok
禁煙座位	금연석	geu myeon seok
末班火車	막차	mak cha
首班火車	첫차	cheot cha

退費
환불
hwan bul

售票處
매표소
mae pyo so

售票機
매표기
mae pyo gi

轉車
환승
hwan seung

車票
차표
cha pyo

剪票口
개표구
gae pyo gu

服務台
안내소
an nae so

地圖
지도
ji do

路線圖
노선도
no seon do

時刻表
시간표
si gan pyo

候車室
대합실
dae hap sil

月台
플랫폼
peul laet pom

快指會話

公車

乘客

向公車司機確認目的地

請問，這班車是到景福宮站嗎？

실례하지만 이 차가 경복궁까지 갑니까？

sil ryeo ha ji man i cha ga gyeong bok gung kka ji gam ni kka ?

第1指

司機

是。

네 .

ne.

乘客

要多久會到呢？

얼마나 걸립니까？

eol ma na geol lim ni kka ?

第2指

司機

十五分鐘左右。

15 분 정도 걸립니다 .

si bo bun jeong do geol lim ni da.

乘客

到站的時候，可以叫我一聲嗎？

도착하면 알려 주시겠습니까？

do cha ka myeon al ryeo ju si get seum ni kka ?

第3指

司機

好的。

그래요 .

geu rae yo.

乘客 快要到了嗎？
거의 다 왔습니까 ?
geo eui da wat seum ni kka ?

第4指

司機 是。
네 .
ne.

還有一點距離。
아직 멀었습니다 .
a jik meo reot seum ni da.

還沒到。
아직이요 .
a ji gi yo.

快要到了。
곧 도착합니다 .
got do cha kam ni da.

司機 不久聽到車內的廣播
下一站是景福宮站。
다음이 경복궁입니다 .
da eu mi gyeong bok gung im ni da.

乘客 謝謝你。
감사합니다 .
gam sa ham ni da.

第5指

快指會話

計程車

您要到哪裡？
어디까지 가십니까？
eo di kka ji ga sim ni kka ?

乘客
請載我到首爾車站。
서울역까지 가 주세요 .
seo ul yeok kka ji ga ju se yo.

第1指

好。
네 .
ne.

乘客
車程要多久？
얼마나 걸립니까？
eol ma na geol rim ni kka ?

第2指

十分鐘左右。
10 분 정도 걸립니다 .
sip bun jeong do geol rim ni da.

乘客
就快抵達目的地時
這邊停就可以了。
여기서 세우시면 됩니다 .
yeo gi seo se u si myeon doem ni da.

第3指

乘客

請讓我在這裡下車。

여기서 내려 주세요 .

yeo gi seo nae ryeo ju se yo.

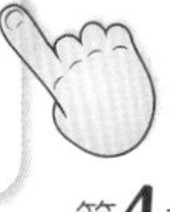

第4指

乘客

多少錢？

얼마예요 ?

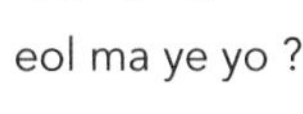

eol ma ye yo ?

第5指

司機

一共是一萬韓元。

모두 만 원입니다 .

mo du ma nwon nim ni da.

乘客

好，謝謝你。

네 , 감사합니다 .

ne,gam sa ham ni da.

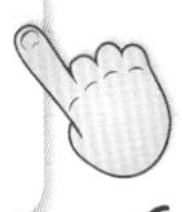

第6指

計程車 詢問

這個可以放後車廂嗎？

트렁크에 이것을 실어도 됩니까？

teu reong keu e i geo seul si reo do doem ni kka ?

可以稍等我一下嗎？

잠시만 기다려 주시겠습니까？

jam si man gi da ryeo ju si get seum ni kka ?

如果開到機場，要多少錢呢？

공항까지 가면 얼마입니까？

gong hang kka ji ga myeon eol ma im ni kka ?

不好意思，我可以改一下目的地嗎？

미안하지만 목적지를 바꿔도 됩니까？

mi an ha ji man mok jeok ji reul ba kkwo do doem ni kka ?

這附近有沒有什麼好玩的地方？

이 근처에 재미있는 곳이 있습니까？

i geun cheo e jae mi in neun go si it seum ni kka ?

計程車 請求

打開地圖，指出地方

請你載我到這裡。

여기까지 데려다 주세요.

yeo gi kka ji de ryeo da ju se yo.

請盡量開快一點。

좀 빨리 가 주세요.

jom ppal li ga ju se yo.

計程車 指示

利用手勢，指引方向

請往前開。

직진해 주세요.

jik jin hae ju se yo.

請你在下個轉角左轉（右轉）。

다음 코너에서 좌회전 (우회전) 해 주세요.

da eum ko neo e seo jwa hoe jeon (u hoe jeon) hae ju se yo.

2-3 地理方向

你去過哪個國家？

어느 나라에 가 본 적이 있습니까 ?

eo neu na ra e ga bon jeo gi it seum ni kka ?

我去過__________。

__________에 가 본 적이 있습니다 .

__________e ga bon jeo gi it seum ni da.

國家 亞洲

亞洲
아시아
a si a

台灣
대만
dae man

印度
인도
in do

新加坡
싱가폴
sing ga pol

菲律賓
필리핀
pil ri pin

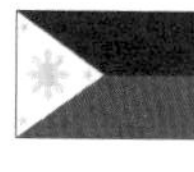

蒙古
몽골
mong gol

馬來西亞
말레시아
mal re si a

印尼
인도네시아
in do ne si a

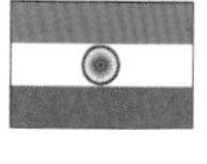

越南
베트남
be teu nam

北韓
북한
buk han

日本
일본
il bon

韓國
한국
han guk

俄國
러시아
reo si a

泰國
태국
tae guk

土耳其
터키
teo ki

中國
중국
jung guk

國家 歐洲

歐洲
유럽
yu reop

東歐

奧地利
오스트리아
o seu teu ri a

捷克
체코
che ko

西歐

瑞士
스위스
seu wi seu

荷蘭
네덜란드
ne deol ran deu

法國
프랑스
peu rang seu

德國
독일
do gil

比利時
벨기에
bel gi e

南歐

義大利
이탈리아
i tal ri a

希臘
그리스
geu ri seu

西班牙
스페인
seu pe in

葡萄牙
포르투갈
po reu tu gal

瑞典
스웨덴
seu we den

挪威
노르웨이
no reu we i

英國
영국
yeong guk

國家 其它

美國
미국
mi guk

加拿大
캐나다
kae na da

巴西
브라질
beu ra jil

智利
칠레
chil re

夏威夷
하와이
ha wa i

澳洲
오스트레일리아
o seu teu re il ri a

非洲
아프리카
a peu ri ka

埃及
이집트
i jip teu

墨西哥
멕시코
mek si ko

韓國 主要地名

1
京畿道
경기도
gyeong gi do

2
江原道
강원도
gang won do

3
忠清南道
충청남도
chung cheong nam do

4
忠清北道
충청북도
chung cheong buk do

5
全羅北道
전라북도
jeol ra buk do

6
全羅南道
전라남도
jeol ra nam do

7
慶尚北道
경상북도
gyeong sang buk do

8
慶尚南道
경상남도
gyeong sang nam do

9
濟州道
제주도
je ju do

韓國 主要都市

編號	漢字	韓文	拼音
1	首爾	서울	seo ul
1	仁川	인천	in cheon
1	水源	수원	su won
2	春川	춘천	chun cheon
2	束草	속초	sok cho
3	大田	대전	dae jeon
4	清州	청주	cheong ju
5	全州	전주	jeon ju
6	光州	광주	gwang ju
7	大邱	대구	dae gu
7	慶州	경주	gyeong ju
8	釜山	부산	bu san
9	濟州	제주	je ju
10	鬱陵島／獨島	울릉도／독도	ul reung do ／ dok do

首爾 人氣地鐵站

景福宮站 경복궁역 gyeong bok gung yeok	安國站（仁寺洞） 안국역（인사동） an guk yeok(in sa dong)	光化門站 광화문역 gwang hwa mun yeok
新村站 신촌역 sin chon yeok	首爾站 서울역 seo ul yeok	江南站 강남역 gang nam yeok
弘大入口站 홍대입구역 hong dae ip gu yeok		明洞站 명동역 myeong dong yeok
東大門運動場站 동대문운동장역 dong dae mun un dong jang yeok	梨泰院站 이태원역 i tae won yeok	龍山站 용산역 yong san yeok
狎鷗亭站 압구정역 ap gu jeong yeok	汝夷島站 여의도역 yeo ui do yeok	清潭站 청담역 cheong dam yeok

首爾 觀光勝地

景福宮
경복궁
gyeong bok gung

仁寺洞
인사동
in sa dong

德壽宮
덕수궁
deok su gung

首爾廣場
서울광장
seo ul gwang jang

清溪川
청계천
cheong gye cheon

明洞
명동
myeong dong

南山公園
남산공원
nam san gong won

黎泰院
이태원
i tae won

大學路
대학로
dae hang no

龍山電子商街
용산전자상가
yong san jeon ja sang ga

東大門市場
동대문시장
dong dae mun si jang

南大門市場
남대문시장
nam dae mun si jang

左 좌 jwa	右 우 u
前 앞 ap	後 뒤 dwi
左邊 왼쪽 oen jjok	右邊 오른쪽 o reun jjok
上 위 wi	下 아래 a rae
對面 맞은편 ma jeun pyeon	迴轉 회전 hoe jeon

東

동

dong

南

남

nam

西

서

seo

北

북

buk

這裡

여기

yeo gi

哪裡

어디

eo di

那裡（更遠）

저기

jeo gi

那裡（較遠）

거기

geo gi

附近

근처

geun cheo

遠方

먼 곳

meon got

快指單字

標語

禁止進入
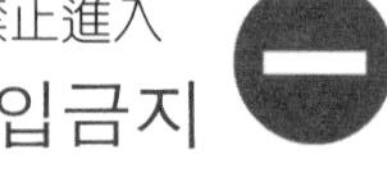
진입금지
ji nip geum ji

禁止停車

주차금지
ju cha geum ji

禁止穿越

횡단금지
hoeng dan geum ji

禁止拍照

촬영금지
chwa ryeong geum ji

禁用手機
휴대폰사용금지
hyu dae pon sa yong geum ji

禁止通行
통행금지
tong haeng geum ji

禁菸

금연
geu myeon

請勿觸碰

만지지 마세요
man ji ji ma se yo

行人專用步道
보행자전용도로
bo haeng ja jeo nyong do ro

請慢行

천천히
cheon cheon hi

道路施工中
도로공사중
do ro gong sa jung

嚴禁孩童
어린이보호구역
eo ri ni bo ho gu yeok

防盜監視器錄影中
CCTV 녹화중
CCTVno kwa jung

請繞道
돌아가세요
do ra ga se yo

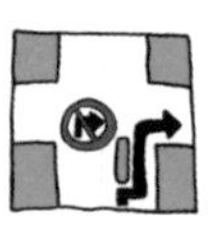

施工中
공사중
gong sa jung

鐵路平交道
철길건널목
cheol gil geon neol mok

汽車專用道
자동차전용도로
ja dong cha jeo nyong do ro

危險
위험
wi heom

停
정지
jeong ji

腳踏車步道
자전거도로
ja jeon geo do ro

小心滑倒
미끄럼주의
mi kkeu reom ju ui

旅客

不好意思。

想表達「失禮了」的意思時

실례합니다 .

sil rye ham ni da.

想表達「對不起」的意思時

미안합니다 .

mi an ham ni da.

第1指

旅客

首爾車站在哪裡？

서울역이 어디입니까 ?

seo ul yeo gi eo di im ni kka ?

第2指

路人

路人理解了問題

啊，首爾車站啊。

아 , 서울역이요 .

a , seo ul yeo gi yo.

旅客

對，沒錯。

네 , 맞아요 .

ne , ma ja yo.

第3指

旅客 該怎麼走好呢？

어떻게 가야 합니까 ?

eo tteo ke ga ya ham ni kka ?

第4指

路人 就在下一個紅綠燈右轉。

바로 다음 신호등에서 왼쪽으로 가세요 .

ba ro da eum sin ho deung e seo oen jjo geu ro ga se yo.

旅客 好，我知道了。

네 , 알겠습니다 .

ne , al get seum ni da.

第5指

旅客 非常感謝你。

너무 감사합니다 .

neo mu gam sa ham ni da.

第6指

路人 不客氣。

천만에요 .

cheon ma ne yo.

人際溝通常用句

是。

네.

ne.

的確如此。

정말 그렇군요.

jeong mal geu reot gun nyo.

不是。

아니요.

a ni yo.

還沒。

아직이요.

a ji gi yo.

對。

맞아요.

ma ja yo.

不用了。

괜찮아요.

gwaen cha na yo.

不對。

틀려요.

teul ryeo yo.

我就知道／不出我所料。

그럴 줄 알았어요.

geu reol jul a rat seo yo.

原來如此。

그랬군요.

geu raet gun nyo.

我不知道耶。

몰랐어요.

mol rat seo yo.

是這樣嗎？

이렇게요 ?

i reo ke yo ?

不是這樣。

아니에요 .

a ni e yo.

這樣子啊。

그래요 .

geu rae yo.

可以。

돼요 .

dwae yo.

不行耶。

안 돼요 .

an dwae yo.

真的嗎？

정말요 ?

jeong mal ryo ?

好可惜。

아쉬워요 .

a swi wo yo.

真厲害。

대단해요 .

dae dan hae yo.

太好了。

너무 좋아요 .

neo mu jo a yo.

我知道了。

알겠어요 .

al ge seo yo.

Chapter 3 快指萬事通

3-1 進出飯店

3-2 美食佳餚

3-3 醫院看診

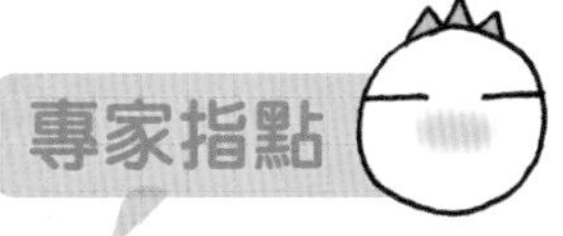

背包客教你化解溝通困難

3-1 進出飯店

讓您久等了。

오래 기다리셨습니다.

o rae gi da ri syeot seum ni da.

我要 ____________ 。

____________ 원합니다.

____________ won ham ni da.

住房 체크인 che keu in	退房 체크아웃 che keu a ut
預約 예약 ye yak	取消 취소 chwi so

單人房
싱글룸
sing geul rum

（兩床）
雙人房
트윈룸
teu win rum

（大床）
雙人房
더블룸
deo beul rum

客房服務
룸서비스
rum seo bi seu

叫醒服務
（morning call）
모닝콜
mo ning kol

換錢
환전
hwan jeon

鑰匙
열쇠／키
yeol soe ／ ki

房卡
카드키
ka deu ki

點餐
주문
ju mun

迎賓大廳

護照
여권
yeo gwon

櫃台
카운터
ka un teo

押金
보증금
bo jeung geum

貴重物品
귀중품
gwi jung pum

服務費
서비스요금
seo bi seu yo gum

國際電話
국제전화
guk je jeon hwa

電梯
엘리베이터
el ri be i teo

飯店經理
지배인
ji bae in

行李
짐
jim

收據
영수증
yeong su jeung

大廳
로비
ro bi

早餐券
아침식사쿠폰
a chim sik sa ku pon

匯率
환율
hwan yul

房內用品

沐浴乳
바디샴푸
ba di syam pu

洗髮精
샴푸
syam pu

潤髮乳
린스
rin seu

牙刷
칫솔
chit sol

牙膏
치약
chi yak

吹風機
드라이어
deu ra i eo

鏡子
거울
geo ul

香皂
비누
bi nu

枕頭
베개
be gye

床
침대
chim dae

額外加的床
침대 추가
chim dae chu ga

檯燈
스탠드
seu taen deu

窗簾
커튼
keo teun

衣櫃
옷장
ot jang

住房手續

櫃台小姐

歡迎光臨。

어서 오세요.

eo seo o se yo.

旅客

我要辦理住房手續。

체크인을 하고 싶습니다.

che keu i neul ha go sip seum ni da.

第1指

櫃台小姐

請問大名是？

성함이 무엇입니까？

seong ha mi mu eo sim ni kka？

旅客

我姓陳。

제 성은 천입니다.

je seong eun cheon im ni da.

我的名字叫○○○。

제 이름은 ○○○입니다.

je i reu meun ○○○ im ni da.

第2指

櫃台小姐

您的護照呢？

여권을 주시겠습니까 ?

yeo gwo neul ju si get seum ni kka ?

旅客

在這裡。

여기요 .

yeo gi yo.

第3指

請問有沒有特別想要的房間呢？

특별히 원하시는 방 있습니까 ?

teuk byeol hi won ha si neun bang it seum ni kka ?

旅客

我想要景色優美的房間。

경치가 좋은 방을 원합니다 .

gyeong chi ga jo eun bang eul won ham ni da.

第4指

櫃台小姐

我明白了。

알겠습니다 .

tal get seum ni da.

我帶您到 501 房。

501 호 방으로 안내하겠습니다 .

o baek il ho hang eu ro an nae ha get seum ni da.

特別服務

旅客

房間有狀況，打電話給櫃台

喂，這裡是 501 號房，房間的電燈打不開。

여보세요 . 여기는 501 호입니다 .

yeo bo se yo. yeo gi neun o baek il ho im ni da.

방에 등이 안 켜집니다 .

bang e deung i an kyeo jim ni da.

第1指

櫃台小姐

好的，我現在請房務人員過去看看，請您稍候。

네 , 지금 직원을 보내드리겠습니다 .

ne , ji geum ji gwo neul bo nae deu ri get seum ni da.

잠시만 기다리세요 .

jam si man gi da ri se yo.

房務人員

房務人員在房外敲門

陳先生，您在嗎？

천선생님 계십니까 ?

cheon seon saeng nim gyeo sim ni kka ?

旅客

開門後告訴對方故障的物品

在這裡。這個請幫我看一下。

여기요 . 이것 좀 봐 주세요 .

yeo gi yo. i geot jom bwa ju se yo.

第2指

可以幫我保管貴重物品嗎？

귀중품을 보관해 **주시겠습니까**？

gwi jung pu meul bo gwan hae ju si get seum ni kka ?

可以幫我寄這封信嗎？

편지를 보내 **주시겠습니까**？

pyeon ji reul bo nae ju si get seum ni kka?

可以幫我把行李送到房間嗎？

짐을 방까지 옮겨 **주시겠습니까**？

ji meul bang kka ji om gye ju si get seum ni kka ?

可以幫我換成其他房間嗎？

다른 방으로 바꿔 **주시겠습니까**？

da reun bang eu ro ba kkwo ju si get seum ni kka ?

可以幫我傳真嗎？

팩스를 보내 **주시겠습니까**？

paek seu reul bo nae ju si get seum ni kka ?

退房手續

旅客
請幫我退房。
체크아웃해 주세요 .
che keu a ut hae ju se yo.

第1指

櫃台小姐
好的。請稍候。
네 , 잠시만 기다리세요 .
ne , jam si man gi da ri se yo.

櫃台小姐
您有使用付費服務嗎？
유료 서비스를 이용하셨습니까 ?
yu ryo seo bi seu reul i yong ha syeot seum ni kka ?

旅客
我有叫客房服務。
룸서비스를 이용했습니다 .
rum seo bi seu reul i yong hat seum ni da.

第2指

櫃台小姐
我現在為您確認一下，請稍候。
확인해 보겠습니다 .
hwa gin hae bo get seum ni da.
잠시만 기다리세요 .
jam si man gi da ri se yo.

櫃台小姐

費用是兩萬韓元。

비용은 2 만원 입니다 .

bi yong eun i ma nwon im ni da.

這張是您的明細表。

이것은 명세표입니다 .

i geo seun myeong se pyo im ni da.

那請您在這裡簽名。

여기에 싸인해 주세요 .

yeo gi e ssa in hae ju se yo.

旅客

可以幫我拿一下之前寄放的貴重物品嗎？

저번에 맡긴 귀중품을 주시겠습니까 ?

jeo beo ne mat gin gwi jung pu meul ju si get seum ni kka ?

好的。在這裡。

네 , 여기요 .

ne , yeo gi yo.

第3指

非常感謝您的蒞臨。

방문해 주셔서 감사합니다 .

bang mun hae ju syeo seo gam sa ham ni da.

客房問題 入住時

我是○○○。之前已經訂好房間了。

저는○○○입니다. 이미 방을 예약 했습니다.

jeo neun ○○○ im ni da. i mi bang eul ye yak haet seum ni da.

有更便宜的房間嗎？

더 싼 방이 있습니까?

deo ssan bang i it seum ni kka ?

我想要靠電梯近一點的房間。

엘리베이터에서 가까운 방을 원합니다.

el ri be i teo e seo ga kka un bang eul won ham ni da.

早餐從幾點開始呢？

아침식사는 몇 시부터 시작합니까?

a chim sik sa neun myeot si bu teo si jak ham ni kka ?

房間可以上網嗎？

방에서 인터넷이 가능합니까?

bang e seo in teo ne si ga neung ham ni kka ?

客房問題 退房時

我住 300 號房。

제 방은 300 호입니다 .

je bang eun sam baek ho im ni da.

我想提早一天離開。

하루 일찍 떠나려고 합니다 .

ha ru il jjik tteo na ryeo go ham ni da.

我可以晚點退房嗎？

조금 늦게 체크아웃해도 됩니까 ?

jo geum neut ge che keu a ut hae do doem ni kka ?

我想要再多住一晚。

하루 더 묵고 싶습니다 .

ha ru deo muk go sip seum ni da.

我想住同一個房間。

같은 방에 묵고 싶습니다 .

ga teun bang e muk go sip seum ni da.

3-2 美食佳餚

您要點餐了嗎？

주문 하시겠습니까 ?

ju mun ha si get seum ni kka ?

請給我＿＿＿＿＿＿＿＿＿。

＿＿＿＿＿＿＿＿＿주세요 .

＿＿＿＿＿＿＿＿＿ju se yo.

韓國料理 泡菜

白菜泡菜 배추김치 bae chu gim chi	小黃瓜泡菜 오이김치 o i gim chi 	韭菜泡菜 부추김치 bu chu gim chi
蘿蔔泡菜 깍두기 kkak du gi	小蘿蔔泡菜 총각김치 chong gak gim chi 	水泡菜 물김치 mul gim chi

韓國料理 鍋類

泡菜鍋 김치찌개 gim chi jji gae 	味噌鍋 된장찌개 doen jang jji gae	豆腐鍋 순두부찌개 sun du bu jji gae
馬鈴薯豬骨鍋 감자탕 gam ja tang	海鮮鍋 해물탕 hae mul tang 	部隊鍋 부대찌개 bu dae jji gae
辣魚鍋 매운탕 mae un tang	章魚鍋 낙지전골 nak ji jeon gol	蘑菇鍋 버섯전골 beo seot jeon gol

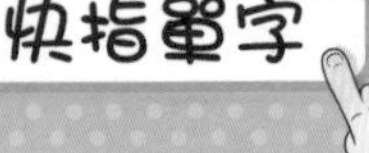

韓國料理 湯類

人參雞湯
삼계탕
sam gye tang

排骨湯
갈비탕
gal bi tang

清燉牛骨湯
설렁탕
seol reong tang

餃子湯
만두국
man du guk

年糕湯
떡국
tteok guk

辣牛肉湯
육개장
yuk gae jang

海帶湯
미역국
mi yeok guk

解酒湯
해장국
hae jang guk

韓國料理 烤肉

烤豬排
돼지갈비
dwae ji gal bi

烤牛肉
불고기
bul go gi

烤雞排
닭갈비
dak gal bi

醃排骨
양념갈비
yang nyeom gal bi

牛里肌肉
소등심
so deung sim

五花肉
삼겹살
sam gyeop sal

韓國料理 飯麵類

- 拌飯　비빔밥　bi bim bap
- 石鍋拌飯　돌솥비빔밥　dol sot bi bim bap
- 生魚片拌飯　회덮밥　heo deop bap
- 豬肉蓋飯　제육덮밥　je yuk deop bap
- 韓式壽司　김밥　gim bap
- 刀切麵　칼국수　kal guk su
- 泡麵　라면　ra myeon
- 辣拌麵　쫄면　jjol myeon
- 冷湯麵　물냉면　mul naeng myeon

韓國料理 路邊攤料理

- 辣炒年糕　떡볶이　tteok bo kki
- 甜不辣　튀김　twi gim
- 豬血香腸　순대　sun dae

- 關東煮　오뎅　o deng
- 雞肉串　닭꼬치　dak kko chi
- 熱狗　핫도그　hat do geu

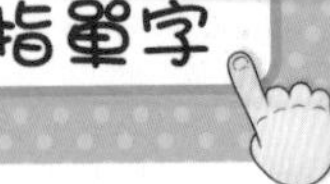

韓國料理 居酒屋小菜

下酒菜
안주
an ju

水果
과일
gwa il

豆腐泡菜
두부김치
du bu gim chi

涼拌海螺
골뱅이무침
gol baeng i mu chim

海鮮蔥煎餅
해물파전
hae mul pa jeon

烤蛤蜊
조개구이
jo gae gu i

蔥煎餅
파전
pa jeon

烤魷魚
마른 오징어
ma reun o jing eo

泡菜煎餅
김치전
gim chi jeon

小活章魚
산낙지
san nak ji

韓國料理 居酒屋酒類

燒酒
소주
so ju

檸檬燒酒
레몬 소주
re mon so ju

韓國小米酒
동동주
dong dong ju

百歲酒
백세주
baek se ju

葡萄酒
와인
wa in

雞尾酒
칵테일
kak te il

威士忌
위스키
wi seu ki

香檳
샴페인
sham pe in

啤酒
맥주
maek ju

生啤酒
생맥주
saeng maek ju

韓國米酒（濁酒）
막걸리
mak geol ri

養樂多燒酒
요구르트 소주
yo gu reu teu so ju

調味料

砂糖
설탕
seol tang

高湯
육수
yuk su

胡椒粉
후추
hu chu

起司粉
치즈가루
chi jeu ga ru

沙拉油
샐러드유
sael reo due yu

蜂蜜
꿀
kkul

味醂
맛술
mat sul

醬油
간장
gan jang

香油
참기름
cham gi reum

味精
조미료
jo mi ryo

美乃滋
마요네즈
ma yo ne jeu

鹽巴
소금
so geum

沙拉醬
샐러드소스
sael reo due so seu

橄欖油
올리브유
ol ri beu yu

醋
식초
sik cho

韓式味噌
된장
doen jang

芥末
와사비
wa sa bi

辣椒粉
고춧가루
go chut ga ru

醬汁
소스
so seu

黃芥末醬
머스터드소스
meo seu teo deu so seu

辣油
고추기름
go chu gi reum

果醬
잼
jaem

奶油
버터
beo teo

番茄醬
케첩
ke cheop

快指單字

點心 常見甜點

中文	韓文	拼音
甜點	디저트	di jeo teu
手工餅乾	쿠키	ku ki
番薯蛋糕	고구마 케익	go gu ma ke ik
鬆餅	와플	wa peul
冰淇淋	아이스크림	a i seu keu rim
蛋糕	케익	ke ik
果凍	젤리	jel ri
提拉米蘇	티라미수	ti ra mi su
蘋果派	애플파이	ae peul pa i
布丁	푸딩	pu ding
甜甜圈	도너츠	do neo cheu
泡芙	슈크림	syu keu rim
起司蛋糕	치즈 케익	chi jeu ke ik
巧克力蛋糕	초콜릿 케익	cho kol rit ke ik

韓式點心

韓式餅乾／韓果
한과
han gwa

油蜜餅／藥果
약과
yak gwa

長條糖
엿
yeot

紅豆刨冰
팥빙수
pat bing su

紅豆湯
팥죽
pat juk

羊羹
양갱
yang gaeng

韓式麻糬
찹쌀떡
chap ssal tteok

年糕
떡
tteok

松糕
송편
song pyeon

糯米糕
인절미
in jeol mi

紅豆年糕
팥떡
pat tteok

炒栗子
군밤
gun bam

韓式饅頭
호빵
ho ppang

烤番薯
군고구마
gun go gu ma

紅豆餅（魚的形狀）
붕어빵
bung eo ppang

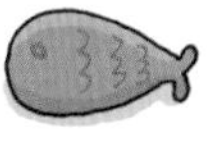

飲料 各式飲品

熱水	冰水	白開水	礦泉水
뜨거운 물	차가운 물	물	생수
tteu geo un mul	cha ga un mul	mul	saeng su

可樂	雪碧	非酒精飲料
콜라	사이다	무알콜 음료
kol ra	sa i da	mu al kol eum ryo

牛奶
우유
u yu

養樂多
요구르트
yo gu reu teu

飲料 茶類

茶
차
cha

奶茶	紅茶
밀크티	홍차
mil keu ti	hong cha

烏龍茶	檸檬紅茶	綠茶
우롱차	레몬티	녹차
u rong cha	re mon ti	nok cha

飲料 韓國傳統茶

柚子茶
유자차
yu ja cha

梅子茶
매실차
mae sil cha

雙和茶
쌍화차
ssang hwa cha

薏苡茶
율무차
yul mu cha

水正果
수정과
su jeong gwa

麥茶
보리차
bo ri cha

甜糯米湯（飲品）
식혜
sik hye

人參茶
인삼차
in sam cha

紅棗茶
대추차
dae chu cha

五味子茶
오미자차
o mi ja cha

飲料 果汁

果汁 주스 ju seu	番茄汁 토마토주스 to ma to ju seu	柳橙汁 오렌지주스 o ren ji ju seu
葡萄汁 포도주스 po do ju seu	檸檬汁 레몬주스 re mon ju seu	奇異果汁 키위주스 ki wi ju seu

蘆薈汁
알로에주스
al ro e ju seu

蘋果汁
사과주스
sa gwa ju seu

紅蘿蔔汁
당근주스
dang geun ju seu

鳳梨汁 파인애플주스 pa i nae peul ju seu	芒果汁 망고주스 mag go ju seu

飲料 咖啡

咖啡 커피 keo pi	美式咖啡 아메리카노 a me ri ka no	
拿鐵 카페라떼 ka pe ra tte	卡布奇諾 카푸치노 ka pu chi no	
綠茶拿鐵 녹차라떼 nok cha ra tte	摩卡 카페모카 ka pe mo ka	維也納咖啡 비엔나커피 bi en na keo pi
濃縮 에스프레소 e seu peu re so	奶精 프림 peu rim	
肉桂粉 계피가루 gye pi ga ru	砂糖 설탕 seol tang	糖水／糖漿 시럽 si reop

用餐

服務生
歡迎光臨。請問有幾位呢？
어서 오세요. 몇 분이세요?
eo seo o se yo. myeot bu ni se yo ?

客人
兩位。
두 명이요.
du myeong i yo.

第1指

服務生
您抽煙嗎？
담배 피세요?
dam bae pi se yo ?

旅客
否定回答
不，不抽。
아니요, 안 펴요.
a ni yo , an pyeo yo.

肯定回答
是，我們抽。
네, 펴요.
ne , pyeo yo.

第2指

服務生
請跟我來。
이 쪽으로 오세요.
i jjo geu ro o se yo.

服務生

您決定好要點餐了嗎？

주문하시겠습니까？

ju mun ha si get seum ni kka ?

客人

我點 A 餐。

A 주세요 .

A ju se yo.

第3指

服務生

您飲料要點什麼呢？

음료는 뭘로 하시겠습니까？

eum nyo neun mwol ro ha si get seum ni kka ?

客人

我要果汁。

주스 주세요 .

ju seu ju se yo.

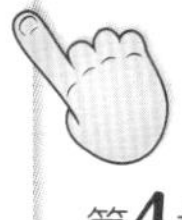

第4指

服務生

我再複誦一次您點的東西。

주문하신 음식을 다시 말해 볼 게요 .

ju mun ha sin eum si geul da si mal hae bol ge yo.

客人

是的，謝謝。

네 , 감사합니다 .

ne , gam sa ham ni da.

第5指

餐廳服務 請求

請給我一杯溫開水。

따뜻한 물 좀 주세요.

tta tteu tan mul jom ju se yo.

喝的待會兒再點。

음료는 이따가 주문할 게요.

eum nyo neun i tta ga ju mun hal ge yo.

咖啡我現在就要。

커피는 지금 주세요.

keo pi neun ji geum ju se yo.

請餐後再幫我上咖啡。

커피는 식사 후에 주세요.

ke pi neun sik sa hu e ju se yo.

我還要再點一杯。

한 잔 더 주문할 게요.

han jan deo ju mun hal ge yo.

我想再多要一點糖。

설탕을 더 넣어 주세요.

seol tang eul deo neo eo ju se yo.

請再多給我們一份餐具。

그릇을 한 개 더 주세요.

geu reu seul han gae deo ju se yo.

我想再點些別的菜帶回去。

다른 음식을 더 시켜서 가져 가고 싶은데요.

da reun eum si geul deo si kyeo seo ga jyeo ga go si peun de yo.

請再給我看一下菜單。

메뉴를 다시 보여 주세요.

me nyu reul da si bo yeo ju se yo.

請幫我買單。

계산해 주세요.

gye san hae ju se yo.

餐廳服務 詢問

可以給我靠窗的座位嗎？

창가 자리로 주시겠습니까？

chang ga ja ri ro ju si get seum ni kka ?

有中文的菜單嗎？

중국어 메뉴가 있습니까？

jung gu geo me nyu ga it seum ni kka ?

您推薦什麼菜呢？

추천하는 요리가 있습니까？

chu cheon ha neun yo ri ga it seum ni kka ?

這個辣嗎？

이거 매워요？

i geo mae wo yo ?

有沒有不含酒精的飲料？

알콜이 없는 음료가 있습니까？

al ko ri eom neun eum nyo ga it seum ni kka ?

看到套餐附咖啡，想換成其它飲料時

咖啡能不能換成其他的飲料呢？

커피를 다른 음료로 바꿀 수 있습니까 ?

keo pi reul da reun eum nyo ro ba kkul su it seum ni kka ?

東西吃不完時

這個可以幫我打包嗎？

이거 포장해 주시겠습니까 ?

i geo po jang hae ju si get seum ni kka ?

餐廳服務 抱怨

我點的東西還沒來。

주문한 음식이 아직 안 나왔어요 .

ju mun han eum si gi a jik an na wa seo yo.

這個不是我點的。

이거 제가 주문한 게 아닌데요 .

i geo je ga ju mun han ge a nin de yo.

3-3 醫院看診

你身體哪裡不舒服？

어디가 불편하세요 ?

eo di ga bul pyeon ha se yo ?

我＿＿＿＿＿＿痛。

＿＿＿＿＿＿아파요 .

＿＿＿＿＿＿a pa yo.

身體部位 頭部

頭
머리
meo ri

頭髮
머리카락
meo ri ka rak

額頭
이마
i ma

臉
얼굴
eol gul

臉頰
뺨
ppyam

眉毛
눈썹
nun sseop

眼睫毛
속눈썹
song nun sseop

眼睛
눈
nun

耳朵
귀
gwi

鼻子
코
ko

牙齒
이
i

嘴巴
입
ip

舌頭
혀
hyeo

下巴
턱
teok

喉嚨
목구멍
mok gu meong

身體部位 上半身

脖子
목
mok

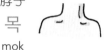

肩膀
어깨
eo kkae

腋下
겨드랑이
gyeo deu rang i

手
손
son

胳臂
팔
pal

手肘
팔꿈치
pal kkum chi

手腕
손목
son mok

手指
손가락
son ga rak

指甲
손톱
son top

乳頭
유두
yu du

肚子
배
bae

胸部
가슴
ga seum

肚臍
배꼽
bae kkop

背部
등
deung

身體部位 下半身

腰部
허리
heo ri

屁股
엉덩이
eong deong i

腳
발
bal

腿
다리
da ri

膝蓋
무릎
mu reup

小腿
종아리
jong a ri

大腿
허벅지
heo beok ji

骨頭
뼈
ppyeo

腳跟
발꿈치
bal kkum chi

腳踝
발목
bal mok

腳尖
발끝
bal kkeut

生理反應

發冷
오한
o han

麻疹／疹子
홍역
hong yeok

頭暈
어지러워요
eo ji reo wo yo

噁心
구역질
gu yeok jil

胃痛
위통
wi tong

咳嗽
기침
gi chim

沒胃口
식욕부진
si gyok bu jin

肚子痛
복통
bok tong

嘔吐
구토
gu to

便秘
변비
byeon bi

（發）燒
열（나요）
yeol (na yo)

嘴破
구강염증
gu gang yeom jeung

拉肚子
설사
seol sa

失眠（症）
불면（증）
bul myeon (jeung)

病名

中文	韓文	拼音
感冒	감기	gam gi
花粉症	꽃가루 알레르기	kkot ga ru al re reu gi
中暑	일사병	il sa byeong
水痘	수두	su du
流行性感冒	유행성감기	yu haeng seong gam gi
香港腳	무좀	mu jom
破傷風	파상풍	pa sang pung
經痛	생리통	saeng ri tong
腸胃炎	위장병	wi jang byeong
氣喘	천식	cheon sik
痔瘡	치질	chi jil
針眼	다래끼	da rae kki
食物中毒	식중독	sik jung dok
宿醉	숙취	suk chwi

看病

醫生  敲門後進到看診間

是陳先生嗎？

천 선생님입니까？

cheon seon saeng ni mim ni kka ?

病人 是，要麻煩您了。

네 , 잘 부탁드립니다 .

ne , jal bu tak deu rim ni da.

第1指

醫生 今天怎麼了？

오늘 무슨 일로 오셨습니까？

o neul mu seun il ro o syeot seum ni kka ?

病人 我肚子痛。

배가 아파요 .

bae ga a pa yo.

第2指

醫生 痛多久了？

얼마동안 아팠어요？

eol ma dong an a pa seo yo ?

病人 差不多有三天了。

3 일 정도요 .

sam il jeong do yo.

第3指

醫生
那我開些藥給你。
약을 처방해 드릴 게요.
ya geul cheo bang hae deu ril ge yo.

病人
一天要吃幾次呢？
하루에 몇 번 먹나요?
ha ru e myeot beon meong na yo ?

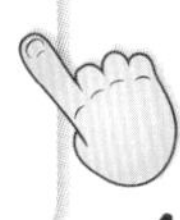
第4指

醫生
一天要吃三次。
하루에 3 번 먹어야 해요.
ha ru e se beon meo geo ya hae yo.

病人
謝謝醫生。
감사합니다. 선생님.
gam sa ham ni da. seon saeng nim.

第5指

醫生
問候病人的慣用句
請多保重。
몸조리 잘 하세요.
mom jo ri jal ha se yo.

症狀

我不太舒服。

몸이 불편해요 .

mo mi bul pyeon hae yo.

我有過敏。

알레르기가 있어요 .

al re reu gi ga i seo yo.

我鼻塞。

코가 막혔어요 .

ko ga ma kyeo seo yo.

心臟蹦蹦跳。

심장이 막 뛰어요 .

sim jang i mak ttwi eo yo.

我好像扭到腳了。

다리를 삔 것 같아요 .

da ri reul ppin geot ga ta yo.

我一直咳不停。

기침이 멈추지 않아요.

gi chi mi meom chu ji a na yo.

我會覺得呼吸困難。

숨쉬기가 힘들어요.

sum swi gi ga him deu reo yo.

我全身無力。

온 몸에 힘이 없어요.

on mo me hi mi eop seo yo.

我一吃就會吐。

먹으면 토해요.

meo geu myeon to hae yo.

按這邊就會痛。

여기를 누르면 아파요.

yeo gi reul nu reu myeon a pa yo.

表明語言程度

我不會說韓文。

한국어를 못합니다.

han gu geo reul mo ttam ni da.

可以用英文嗎？

영어를 써도 됩니까?

yeong eo reul sseo do doem ni kka ?

我只會說一點英文。

영어를 조금 합니다.

yeong eo reul jo geum ham ni da.

我的韓文還不是很好。

한국어를 잘 하지는 못합니다.

han gu geo reul jal ha ji neun mo tam ni da.

我只會簡單的會話。

간단한 회화만 할 수 있어요.

gan dan han hoe hwa man hal su i seo yo.

尋求對方幫助

 這個地方我不太清楚。

이곳은 잘 모르겠습니다 .

i go seun jal mo reu get seum ni da.

 這個是什麼意思？

이것은 무슨 뜻입니까 ?

i geo seun mu seun tteu sim ni kka ?

 請再說一遍。

다시 한 번 말해 주세요 .

da si han beon mal hae ju se yo.

 請你寫在這裡。

여기에 써 주세요 .

yeo gi e sseo ju se yo.

 有會說中文的人嗎？

중국어를 하는 사람이 있습니까 ?

jung gu geo reul ha neun sa ra mi it seum ni kka ?

Chapter 4 快指購物行

4-1 改頭換面

4-2 瘋狂購物

4-3 新鮮食材

妙齡空姐教你遇狼防身術

4-1 改頭換面

您在找什麼嗎？

무엇을 찾으세요 ?

mu eo seul cha jeu se yo ?

請給我看看 ＿＿＿＿＿＿＿＿ 。

＿＿＿＿＿＿ 좀 보여 주세요 .

＿＿＿＿＿＿ jom bo yeo ju se yo.

服飾 上半身

衣服
옷
ot

上衣
상의
sang ui

T 恤
티셔츠
ti syeo cheu

白襯衫
와이셔츠
wa i syeo cheu

襯衫
셔츠
syeo cheu

POLO 衫
폴로셔츠
pol ro syeo cheu

泳衣
수영복
su yeong bok

睡衣
잠옷
ja mot

背心
조끼
jo kki

雨衣
우의
u ui

衛生衣
내복
nae bok

毛衣
털옷
teo rot

胸罩
브래지어
beu rae ji eo

服飾 上半身

短袖／長袖
반팔／긴팔
ban pal ／ gin pal

套裝
슈트
syu teu

外套
외투
oe tu

夾克
재킷
jae kit

羽毛衣
오리털 재킷
o ri teol jae kit

浴衣
목욕가운
mo gyok ga un

皮帶
허리띠
heo ri tti

童裝
아동복
a dong bok

小可愛
민소매
min so mae

旗袍
치파오
chi pa o

韓服
한복
han bok

制服
제복
je bok

西裝
양복
yang bok

服飾 下半身

洋裝 양장 yang jang	裙子 치마 chi ma	迷你裙 미니스커트 mi ni seu keo teu

短褲
반바지
ban ba ji

長褲
긴바지
gin ba ji

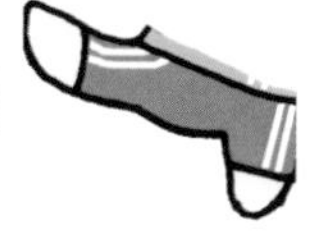

褲子 바지 ba ji	牛仔褲 청바지 cheong ba ji	內褲 팬티 paen ti
丁字褲 T 팬티 T paen ti	三角褲 삼각팬티 sam gak paen ti	四角褲 사각팬티 sa gak paen ti

口袋
주머니
ju meo ni

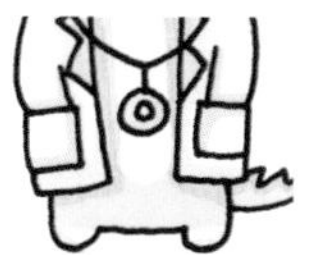

鈕扣
단추
dan chu

配件

配件／飾品 액세서리 aek se seo ri	耳環 귀걸이 gwi geo ri	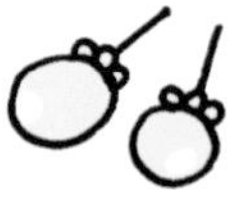
戒指 반지 ban ji	結婚戒指 결혼반지 gyeol hon ban ji	手鐲／手鍊 팔찌 pal jji
領帶 넥타이 nek ta i	髮夾 머리핀 meo ri pin	購物袋 쇼핑백 syo ping baek
 手機吊飾 핸드폰줄 haen deu pon jul	 帽子 모자 mo ja	 包包 가방 ga bang

披肩
솔
syol

手套
장갑
jang gap

手錶
손목시계
son mok si gye

錢包
지갑
ji gap

絲巾／領巾
스카프
seu ka peu

鑽石
다이아몬드
da i a mon deu

行李箱
여행 가방
yeo haeng ga bang

徽章
배지
bae ji

項鍊
목걸이
mok geo ri

手帕
손수건
son su geon

胸針／別針
옷핀
ot pin

圍巾
목도리
mok do ri
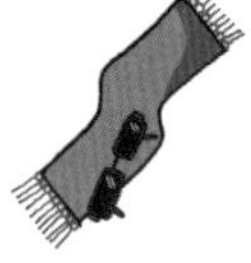

快指單字

鞋襪

鞋子 신발 sin bal	皮鞋 가죽신발 ga juk sin bal	靴子 부츠 bu cheu

運動鞋 운동화 un dong hwa	高跟鞋 하이힐 ha i hil	恨天高／厚底鞋 통굽신발 tong gup sin bal
拖鞋 슬리퍼 seul li peo	帆布鞋 스니커즈 seu ni keo jeu	膠皮鞋 고무신 go mu sin

涼鞋
샌들
saen deul

海灘鞋
비치샌들
bi chi saen deul

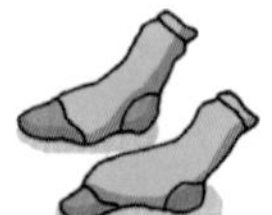

襪子
양말
yang mal

褲襪
팬티스타킹
paen ti seu ta king

絲襪
스타킹
seu ta king

顏色

 白色 흰색 huin saek	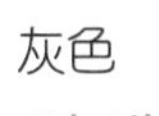 灰色 회색 hoe saek	 黑色 검은색 geo meun saek
 藍色 파란색 pa ran saek	 綠色 녹색 nok saek	 黃色 노란색 no ran saek
 橘色 오렌지색 o ren ji saek	 紅色 빨간색 ppal gan saek	 紫色 보라색 bo ra saek
 米色 베이지색 be i ji saek	 卡其色 카키색 ka ki saek	 咖啡色 갈색 gal saek
 粉紅色 분홍색 bun hong saek	 金色 금색 geum saek	 銀色 은색 eun saek

試衣

客人

不好意思，請給我看看襯衫。

실례합니다 . 셔츠 좀 보여 주세요 .

sil rye ham ni da. syeo cheu jom bo yeo ju se yo.

第1指

店員

店員拿了件襯衫過來

這件您覺得怎麼樣？

이 옷 어때요 ?

i ot eo ttae yo ?

客人

我可以試穿嗎？

입어 봐도 돼요 ?

i beo bwa do dwae yo ?

第2指

店員

好的，請到這邊試穿。

네 , 여기서 입어 보세요 .

ne , yeo gi seo i beo bo se yo.

店員

穿起來會不會不合身？

옷이 잘 맞습니까 ?

o si jal mat seum ni kka ?

客人

剛剛好耶。

딱 맞습니다 .

ttak mat seum ni da.

第3指

旅客

詢問有無打折的常用句

現在有打折嗎？

지금 세일 합니까 ?

ji geum se il ham ni kka ?

第4指

醫生

肯定回答

有，現在特價中。

네 , 지금 세일 중입니다 .

ne , ji geum se il jung im ni da.

否定回答

沒有，現在沒有折扣。

아니요 , 지금은 세일 안 합니다 .

a ni yo , ji geu meun se il an ham ni da.

旅客

決定好要買的東西時

請給我這件衣服。

이 옷으로 주세요 .

i o seu ro ju se yo.

第5指

快指會話

試鞋

客人 不好意思，我想要看看運動鞋。
실례합니다. 운동화 좀 보여 주세요.
sil rye ham ni da. un dong hwa jom bo yeo ju se yo.

第1指

店員 請跟我來。
이리 오세요.
i ri o se yo.

旅客 看到某雙中意的鞋
這雙可以試穿看看嗎？
이 신발 신어 봐도 됩니까?
i sin bal si neo bwa do doem ni kka ?

第2指

店員 可以喔！
됩니다.
doem ni da.

客人 有再小一點的嗎？
더 작은 것이 있습니까?
deo ja geun geo si it seum ni kka ?

第3指

店員 真是抱歉，現在沒有貨了。
죄송합니다. 지금 물건이 없습니다.
joe song ham ni da. ji geum mul geo ni eop seum ni da.

客人

不好意思，我想要照個鏡子。

미안하지만 거울 좀 보고 싶습니다.

mi an ha ji man geo ul jom bo go sip seum ni da.

第4指

店員

請跟我來。

이리 오세요.

i ri o se yo.

旅客

不想購買時

我再考慮考慮好了。

좀 더 생각해 볼게요.

jom deo saeng gak hae bol ge yo.

決定購買時

那給我這雙好了。

그럼 이 걸로 주세요.

geu reom i geol ro ju se yo.

第5指

快指會話

店員互動 提出請求

請給我看看這款包包。

이 가방 좀 보여 주세요.

i ga bang jom bo yeo ju se yo.

想看其它款式時

請拿別的給我看看。

다른 것 좀 보여 주세요.

da reun geot jom bo yeo ju se yo.

店員互動 試穿反應

袖子有點長。

팔이 좀 길어요.

pa ri jom gi reo yo.

發現腳趾頂到鞋頭時

腳尖前面有點緊。

발 앞쪽이 낍니다.

ba rap jjo gi kkim ni da.

店員互動 詢問委託

我可以拿起來看看嗎？

들어 봐도 됩니까？

deu reo bwa do doem ni kka ?

這是什麼材質？

무슨 재질입니까？

mu seun jae ji rim ni kka ?

更衣室在什麼地方？

탈의실은 어디에 있습니까？

ta rui si reun eo di e it seum ni kka ?

有再大一點的嗎？

더 큰 것 있습니까？

deo keun geot it seum ni kka ?

請幫我改一下褲長。

바지 길이 좀 고쳐 주세요.

ba ji gi ri jom go chyeo ju se yo.

4-2 瘋狂購物

請問有賣 ________________嗎？

________________팝니까？

________________pam ni kka？

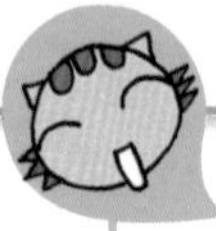

有，在這裡。

네，여기요.

ne , yeo gi yo.

電器 家電用品

電視 텔레비전 tel re bi jeon	電燈 전등 jeon deung	冰箱 냉장고 naeng jang go	洗衣機 세탁기 se tak gi
烘衣機 건조기 geon jo gi	DVD放映機 DVD플레이어 DVD peul re i eo	電風扇 선풍기 seon pung gi	

電鍋
전기밥솥
jeon gi bap sot

音響 오디오 o di o	時鐘 시계 si gye	加濕機 가습기 ga seup gi	吸塵器 청소기 cheong so gi
微波爐 전자레인지 jeon ja re in ji	暖氣 히터 hi teo	冷氣 에어컨 e eo keon	

電器 家電用品

電話
전화
jeon hwa

熨斗
다리미
da ri mi

鬧鐘
알람시계
al ram si gye

咖啡機
커피메이커
keo pi me i keo

電器 電子商品

數位相機
디지털카메라
di ji teol ka me ra

手機
핸드폰（휴대폰）
haen deu pon (hyu dae pon)

DV 攝影機
비디오카메라
bi di o ka me ra

MP3（player）
MP3 플레이어
MP sseu ri peul re i e

電腦
컴퓨터
com pyu te

筆記型電腦
노트북
no teu buk

電子辭典
전자사전
jeon ja sa jeon

電器 電腦配備

掃瞄器
스캐너
seu kae neo

滑鼠
마우스
ma u seu

滑鼠墊
마우스패드
ma u seu pae deu

鍵盤
키보드
ki bo deu

防毒軟體
바이러스백신
ba i reo seu baek sin

喇叭
스피커
seu pi keo

雷射印表機
레이저프린터
re i jeo peu rin teo

隨身碟
USB
USB

記憶卡
메모리카드
me mo ri ka deu

無線網路卡
무선인터넷카드
mu seon in teo net ka deu

耳機
이어폰
i eo pon

軟體／硬體
소프트／하드디스크
so peu teu ／ ha deu di seu keu

化妝品

化妝品	化妝水	乳液	精華液
화장품	스킨	로션	에센스
hwa jang pum	seu kin	ro syeon	e sen seu

粉餅
파우더
pa u deo

隔離霜
선크림
seon keu rim

粉底
파운데이션
pa un de i syeon

粉底液
리퀴드파운데이션
ri kwi deu pa un de i syeon

遮瑕膏	晚霜	吸油面紙
컨실러	나이트크림	기름종이
keon sil reo	na i teu keu rim	gi reum jong i

卸妝乳
클렌징크림
keul ren jing keu rim

面膜
팩
paek

眼線筆
아이라이너
a i ra i neo

眼影
아이섀도우
a i syae do u

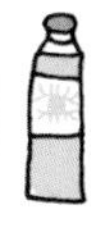
眼霜
아이크림
a i keu rim

睫毛膏
마스카라
ma seu ka ra

睫毛夾
뷰러
byu reo

眉筆
아이브로우
a i beu ro u

口紅
립스틱
rip seu tik

護唇膏
립밤
rip bam

唇筆
립라이너
rip ra i neo

唇蜜
립글로스
rip geul ro seu

指甲油
메니큐어
me ni kyu eo

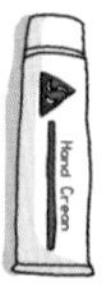

護手霜
핸드크림
haen deu keu rim

品牌 電器

LG 엘지 el ji	富士（FUJI） 후지 hu ji	IRIVER 아이리버 a i ri beo

三星（SAMSUNG） 삼성 sam seong	東芝（TOSHIBA） 도시바 do si ba
松下電器（PANASONIC） 파나소닉 pa na so nik	卡西歐（CASIO） 카시오 ka si o
華碩（ASUS） 어수스 eo su seu	新力（SONY） 소니 so ni
三洋（SANYO） 산요 san yo	飛利浦（PHILIPS） 필립스 pil rip seu

品牌 化妝品

LANEIGE 라네즈 ra ne jeu	ETUDE 에뛰드 e ttwi deu	IOPE 아이오페 a i o pe
資生堂 （SHISEIDOU） 시세이도 si se i do	蘭蔻 （LANCOME） 랑콤 rang kom	SK-II 에스케이투 SK-II
THE FACE SHOP 더페이스샵 deo pe i seu syap	美體小舖 （THE BODY SHOP） 바디샵 ba di syap	
INNISFREE 이니스프리 i ni seu peu ri	THE SKIN FOOD 더스킨푸드 deo seu kin pu deu	香奈兒 （CHANEL） 샤넬 sya nel
萊雅 （L'OREAL） 로레알 ro re al	旁氏 （POND'S） 폰즈 pon jeu	碧兒泉 （BIOTHEM） 비오뎀 bi o dem

快指單字

文具

中文	韓文	拼音
鉛筆	연필	yeon pil
自動鉛筆	샤프	sya peu
原子筆	볼펜	bol pen
筆芯	샤프심	sya peu sim
鉛筆盒	필통	pil tong
計算機	계산기	gye san gi
膠水	풀	pul
口紅膠	딱풀	ttak pul
橡皮筋	고무줄	go mu jul
剪刀	가위	ga wi
資料夾	파일	pa il
記事簿	수첩	su cheop
信封	봉투	bong tu
筆記本	노트	no teu

雙面膠
양면테이프
yang myeon te i peu

橡皮擦
지우개
ji u gae

尺
자
ja

印章
도장
do jang

印泥
도장밥
do jang bap

釘書機
호치키스
ho chi ki seu

圓規
컴퍼스
keom peo seu

墊板
책받침
chaek bat chim

膠帶
테이프
te i peu

美工刀
칼
kal

圖釘
압정
ap jeong

修正液／立可白
수정액
su jeong aek

迴紋針
클립
keul rip

面紙
휴지
hyu ji

指甲剪
손톱깎이
son top kka kki

棉花棒
면봉
myeon bong

充電器
충전기
chung jeon gi

髮膠
헤어젤
he eo jel

抹布
걸레
geol re

防曬乳
선탠로션
seon taen ro syeon

鏡子
거울
geo ul

洗面乳
세면제
se myeon je

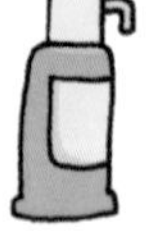

梳子
빗
bit

漱口水
가글
ga geul

衣架
옷걸이
ot geo ri

衛生棉
생리대
saeng ri dae

眼鏡
안경
an gyeong

太陽眼鏡
선글라스
seon geul ra seu

隱形眼鏡
렌즈
ren jeu

（隱形眼鏡）清潔保養液
렌즈세정액
ren jeu se jeong aek

鑰匙
열쇠／키
yeol soe ／ ki

鑰匙圈
열쇠고리
yeol soe go ri

雨傘
우산
u san

蚊香
모기향
mo gi hyang

藥品
약
yak

毛巾
수건
su geon

體重計
체중계
che jung gye

免洗褲
일회용팬티
il hoe yong paen ti

快指會話

購物

客人
不好意思，這裡有賣數位相機嗎？
실례합니다 . 여기 디지털카메라 팝니까 ?
sil lye ham ni da. yeo gi di ji teol ka me ra pam ni kka ?

第1指

有的。
네 .
ne.

店員指向展示櫃

東西都在這裡。
다 여기에 있습니다 .
da yeo gi e it seum ni da.

客人
請您推薦一下。
추천 좀 해 주세요 .
chu cheon jom hae ju se yo.

第2指

店員拿起某家知名品牌的相機

這個您覺得怎麼樣呢？
이거 어떻습니까 ?
i geo eo tteo seum ni kka ?

客人 這個有附保證書嗎？
이거 보증서가 있나요 ?
i geo bo jeung seo ga it na yo ?

第3指

店員 有。
네 .
ne.

旅客 再看了看相機上的標價
這是含稅價嗎？
세금을 포함한 가격입니까 ?
se geu meul po ham han ga gyeo gim ni kka ?

第4指

店員 是，沒錯。
네 , 맞아요 .
ne , ma ja yo.

客人 那我決定要買這個。
그럼 이걸로 하겠습니다 .
geu reom i geol ro ha get seum ni da.

第5指

快指會話

包裝

客人 可以幫我包裝一下嗎？
포장해 주시겠습니까？
po jang hae ju si get seum ni kka ?

第1指

店員 這是要送人的嗎？
선물 하실 겁니까？
seon mul ha ha sil geom ni kka ?

客人
肯定回答

對。
네 .
ne.

否定回答

不，是我自己要用的。
아니요 , 제가 사용할 거예요 .
a ni yo , je ga sa yong hal geo ye yo.

第2指

店員 要幫您貼上卡片嗎？
카드를 붙여 드릴까요？
ka deu reul bu chyeo deu ril kka yo ?

客人 請讓我看一下（有哪些卡片）。
카드 좀 보여 주세요 .
ka deu jom bo yeo ju se yo.

第3指

客人

卡片在千挑萬選之後

這張好了。

이걸로 주세요.

i geol ro ju se yo.

第4指

店員

我現在幫您包裝一下，請稍候。

지금 포장해 드리겠습니다. 잠시만 기다리세요.

ji geum po jang hae deu ri get seum ni da. jam si man gi da ri se yo.

東西可以分開包嗎？

따로 포장해도 됩니까?

tta ro po jang hae do doem ni kka ?

請包成禮品。

선물용으로 포장해 주세요.

seon mul yong eu ro po jang hae ju se yo.

包裝禮品要額外收費嗎？

선물포장은 따로 요금이 추가됩니까?

seon mul po jang eun tta ro yo geu mi chu ga doem ni kka ?

退貨

客人

這個東西我想要退貨。

이 물건을 반품하고 싶은데요 .

i mul geo neul ban pum ha go si peun de yo.

第1指

店員

店員檢查了一下東西

這個有什麼問題嗎？

문제가 있습니까 ?

mun je ga it seum ni kka ?

客人

用手指出有問題的地方

這裡有瑕疵。

여기에 흠이 있습니다 .

yeo gi e heu mi it seum ni da.

第2指

店員

真是抱歉。

죄송합니다 .

joe song ham ni da.

我了解了。

알겠습니다。

al get seum ni da.

您有帶收據來嗎？
영수증을 가지고 오셨습니까？
yeong su jeung eul ga ji go o syeot seum ni kka？

有的。
네.
ne.

第3指

這張是我的收據。
제 영수증입니다.
je yeong su jeung im ni da.

第4指

請您稍候。
잠시만 기다려 주세요.
jam si man gi da ryeo ju se yo.

好，那就麻煩你了。
네, 부탁드립니다.
ne , bu tak deu rim ni da.

第5指

4-3 新鮮食材

_______________ 放在哪裡呢？

_______________ 어디에 놓을 까요 ?

_______________ eo di e no eul kka yo ?

在這裡。

여기요 .

yeo gi yo.

肉類

豬肉	雞肉	牛肉
돼지고기	닭고기	소고기
dwae ji go gi	dak go gi	so go gi

海鮮

魚	鰻魚	鮑魚
생선	장어	전복
saeng seon	jang eo	jeon bok

龍蝦
바닷가재
ba dat ga jae

螃蟹	蝦子
게	새우
ge	sae u

海膽	海參
성게	해삼
seong ge	hae sam

蛤蜊
조개
jo gae

牡蠣	章魚	魷魚
굴	문어	오징어
gul	mu neo	o jing eo

蔬菜

青蔥	萵苣	白菜	南瓜
파	상추	배추	호박
pa	sang chu	bae chu	ho bak

菠菜
시금치
si geum chi

高麗菜
양배추
yang bae chu

花椰菜	馬鈴薯	韭菜
브로콜리	감자	부추
beu ro kol ri	gam ja	bu chu

番茄
토마토
to ma to

芹菜
셀러리
sel reo ri

洋蔥
양파
yang pa

小黃瓜
오이
o i

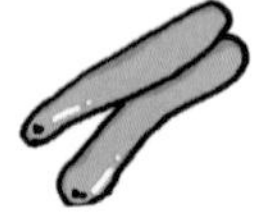

薑	辣椒	豆芽菜	玉米
생강	고추	콩나물	옥수수
saeng gang	go chu	kong na mul	ok su su

竹筍
죽순
juk sun

白蘿蔔
무
mu

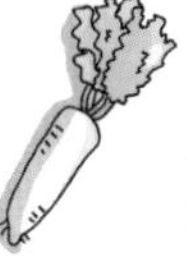

紅蘿蔔
당근
dang geun

香菇
표고버섯
pyo go beo seot

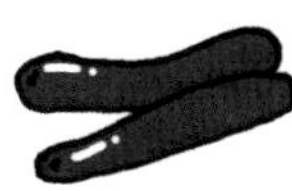

茄子
가지
ga ji

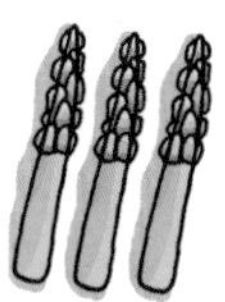

蘆筍
아스파라거스
a seu pa ra geo seu

金針菇	地瓜	蘑菇
팽이버섯	고구마	송이버섯
paeng i beo seot	go gu ma	song i beo seot

水果

蘋果
사과
sa gwa

香蕉
바나나
ba na na

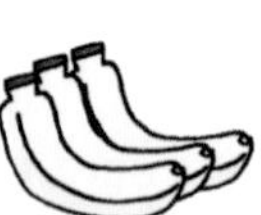

橘子
귤
gyul

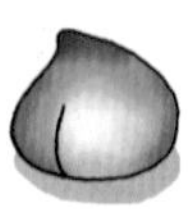

桃子
복숭아
bok sung a

西瓜
수박
su bak

李子
자두
ja du

奇異果
키위
ki wi

柿子
감
gam

椰子
야자
ya ja

哈蜜瓜
멜론
mel ron

香瓜
참외
cham oe

榴槤
두리안
du ri an

梨子
배
bae

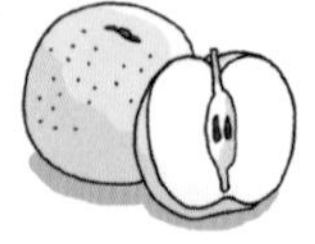

草莓
딸기
ttal gi

荔枝
리치
ri chi

葡萄柚
그레이프프루트
geu re i peu peu ru teu

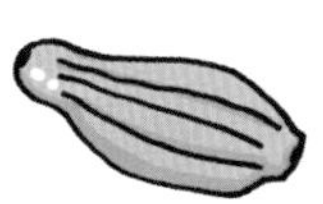

木瓜
파파야
pa pa ya

覆盆子
복분자
bok bun ja

柳橙
오렌지
o ren ji

葡萄
포도
po do

火龍果
드래곤프루트
deu rae gon peu ru teu

芒果
망고
mang go

鳳梨
파인애플
pa i nae peul

芭樂
구아바
gu a ba

櫻桃
체리
che ri

楊桃
스타프루트
seu ta peu ru teu

殺價

客人

這個多少錢？

이거 얼마예요 ?

i geo eol ma ye yo ?

第1指

老闆

3000 韓元。

3 천 원입니다 .

sam cheon wo nim ni da.

客人

發揮台灣人的殺價本色

請算我便宜一點。

좀 싸게 주세요 .

jom ssa ge ju se yo.

第2指

老闆

老闆面有難色，不肯退步

有點（為難耶）。

좀 (어려운데요) .

jom (eo ryeo un de yo).

可能沒辦法耶。

안되겠는데요 .

an doe get neun de yo.

客人

開始大殺特殺一番

算我 1000 韓元吧！

천 원에 주세요.

cheo nwo ne ju se yo.

第3指

老闆

老闆也不甘示弱，再度反擊

1000 韓元就殺太多了。

천 원은 너무 많이 깎았어요.

cheon wo neun neo mu ma ni kka kka seo yo.

2000 韓元怎麼樣？

2천 원 어때요?

i cheon won eo ttae yo ?

客人

那就 2000 韓元好了。

그럼 2천 원에 주세요.

geu reom i cheon wo ne ju se yo.

買服裝、電器時可以跟韓國人較量一下殺價功夫喔

第4指

殺價

這個有點貴耶。

이거 좀 비싸요 .

i geo jom bi ssa yo.

請算便宜一點。

싸게 주세요 .

ssa ge ju se yo.

兩萬韓元啊，有點貴耶。

2 만 원이요 , 좀 비싸요 .

i man wo ni yo, jom bi ssa yo.

算我八折的話，我就會買喔！

20 프로 (20%) 싸게 주시면 살게요 .

i sip peu ro (20%) ssa ge ju si myeon sal ge yo.

我的預算（只有）三萬韓元。

예상 금액이 3 만 원이에요 .

ye sang geu mae gi sam man wo ni e yo.

退稅

旅客

不好意思，請給我退稅單。

실례합니다 . 반품신청서 좀 주세요 .

sil rye ham ni da. ban pum sin cheong seo jom ju se yo.

第1指

服務人員

好。

네 .

ne.

旅客

這是我的單子、護照和發票。

이것은 제 신청서 , 여권 , 영수증입니다 .

i geo seun je sin cheong seo , yeo gwon , yeong su jeung im ni da.

第2指

櫃台小姐

好。這樣就可以了。

네 . 이렇게 하시면 됩니다 .

ne. i reo ke ha si myeon doem ni da.

這是您的退稅金。

환불금 여기 있습니다 .

hwan bul geum yeo gi it seum ni da.

旅客

謝謝你。

감사합니다 .

gam sa ham ni da.

第3指

和色狼過招

喂，你在幹什麼？

저기요 , 뭐하시는 거예요 ?

jeo gi yo , mwo ha si neun geo ye yo ?

把你的髒手拿開！

손 치우세요 .

son chi u se yo.

不要碰我啦！

만지지 마세요 .

man ji ji ma se yo.

請不要這樣。

이러지 마세요 .

i reo ji ma se yo.

請注意你的行為。

행동 조심하세요 .

haeng dong jo sim ha se yo.

 我要叫警察囉！

경찰을 부르겠어요！

gyeong cha reul bu reu ge seo yo !

向旁人求援

 救命啊！

사람 살려！

sa ram sal rye !

拜託！誰來幫幫我。

제발 도와 주세요.

je bal do wa ju se yo.

 那個人是色狼！快抓住他。

이 사람이 성추행범입니다.

i sa ra mi seong chu haeng beo mim ni da.

빨리 붙잡으세요.

ppal li but ja beu se yo.

我們改寫了書的定義

創辦人暨名譽董事長　王擎天
總經理暨總編輯　歐綾纖　　　印製者　和楹印刷公司
出版總監　王寶玲

法人股東　華鴻創投、華利創投、和通國際、利通創投、創意創投、中國電視、中租迪和、仁寶電腦、台北富邦銀行、台灣工業銀行、國寶人壽、東元電機、凌陽科技(創投)、力麗集團、東捷資訊

◆台灣出版事業群　新北市中和區中山路2段366巷10號10樓
TEL：02-2248-7896
FAX：02-2248-7758

◆北京出版事業群　北京市東城區東直門東中街40號元嘉國際公寓A座820
TEL：86-10-64172733
FAX：86-10-64173011

◆北美出版事業群　4th Floor Harbour Centre P.O.Box613
GT George Town, Grand Cayman,
Cayman Island

◆倉儲及物流中心　新北市中和區中山路2段366巷10號3樓
TEL：02-8245-8786
FAX：02-8245-8718

國家圖書館出版品預行編目資料

指一指,不會韓文也能easy韓國遊／金敏珍, 第二外語發展語研中心 著. -- 初版. -- 新北市中和區：知識工場, 2015.03
面；　公分（Korean攜帶本；01）
ISBN 978-986-271-584-0（平裝）

1.韓語　　2.旅遊　　3.讀本

803.28　　104000030

指一指，不會韓文也能easy韓國遊

出 版 者／全球華文聯合出版平台 · 知識工場
作　　者／金敏珍、第二外語發展語研中心
出版總監／王寶玲
總 編 輯／歐綾纖
文字編輯／馬加玲
美術設計／吳阿佩真

本書採減碳印製流程並使用優質中性紙（Acid & Alkali Free）最符環保需求。

郵撥帳號／50017206 采舍國際有限公司（郵撥購買，請另付一成郵資）
台灣出版中心／新北市中和區中山路 2 段 366 巷 10 號 10 樓
電　　話／(02) 2248-7896
傳　　真／(02) 2248-7758
I S B N／978-986-271-584-0
出版年度／2015 年 5 月再版 3 刷

全球華文市場總代理／采舍國際
地　　址／新北市中和區中山路 2 段 366 巷 10 號 3 樓
電　　話／(02) 8245-8786
傳　　真／(02) 8245-8718

港澳地區總經銷／和平圖書
地　　址／香港柴灣嘉業街 12 號百樂門大廈 17 樓
電　　話／(852) 2804-6687
傳　　真／(852) 2804-6409

全系列書系特約展示
新絲路網路書店
地　　址／新北市中和區中山路 2 段 366 巷 10 號 10 樓
電　　話／(02) 8245-9896
網　　址／www.silkbook.com

本書全程採減碳印製流程並使用優質中性紙（Acid & Alkali Free）最符環保需求。

本書為韓語名師及出版社編輯小組精心編著覆核，如仍有疏漏，請各位先進不吝指正。來函請寄chialingma@mail.book4u.com.tw，若經查證無誤，我們將有精美小禮物贈送！